現代女性作家読本　⑦

多和田葉子

YOKO TAWADA

高根沢紀子　編

鼎書房

はじめに

二〇〇一年に、中国で、日本と中国の現代作家各十人ずつを収めた『中日女作家新作大系』（中国文聯出版）全二十巻が刊行されました。その日本方陣（日本側のシリーズ）に収められた十人の作家は、いずれも現代の日本を代表する作家であり、卒業論文などの対象にもなりつつありますが、同時代の、しかも旺盛な活躍を続けている作家であるが故に、その論評が纏められるようなことはなかなかありません。

そこで、日本方陣の日本側編集委員を務めた五人は、たとえ小さくとも、彼女たちを対象にした論考の最初の集成となるような本を纏めてみようと、現代女性作家の読本シリーズを企画した次第です。

短い論稿ということでかえって書きにくい依頼にお応えいただいた、シリーズ全体では延べ三〇〇人を超える執筆者の皆様に感謝申し上げるとともに、企画から刊行まで時間がかかってしまったこともあって、早くから稿をお寄せいただいた方に大変ご迷惑をおかけしてしまいましたことをお詫び申し上げます。

『中日女作家新作大系』に付された解説を再録した他は、すべて書き下ろしで構成していることに加え、若手の研究者にも多数参加して貰うことで、柔軟で刺激的な論稿を集められた本シリーズが、対象の当該女性作家研究にとどまらず、現代文学研究全体への新たな地平を切り拓くことの一助になれればと願っております。

現代女性作家読本編者一同

目次

はじめに——3
多和田葉子の文学世界——髙根沢紀子・8
「かかとを失くして」——悪意の愉しみ——小林幸夫・16
「三人関係」——名称先行主義宣言——高原英理・20
「ペルソナ」——武田恵理子・24
「犬婿入り」の授業風景——岡部隆志・28
「犬婿入り」——星野久美子・32
『アルファベットの傷口』——あるいはLost in Translation——満谷マーガレット・36
『文字移植』——世界を旅するテクスト——松永美穂・40

目　次

女は〈聖母〉にしかなれないのか――『聖女伝説』における〈暴力〉とは――疋田雅昭・44
「ゴットハルト鉄道」――ユーモアと一途さと――竹内栄美子・48
「無精卵」――行方不明の〈幽霊〉をめぐって――安藤恭子・52
「隅田川の皺男」小論――場所と記憶――今村忠純・58
「たぶららさ」――福田淳子・62
「ねつきみ」論――空間・時間・身体――江藤茂博・66
文学と音楽――多和田葉子とヘルムート・ラッヘマン――五十嵐伸治・70
『飛　魂』――〈わたしたちはお互いに少しも似たところがない〉――佐藤　泉・74
『飛　魂』――崇高にしてエロス的なものへの誘惑――髙橋博史・78
『ふたくちおとこ』――自由への誘惑と挑発の物語《アレゴリー》――髙口智史・82
「枕　木」――渡されていく言葉と想念と――熊木　哲・86
「雲を拾う女」――小倉真理子・90
秘密の手紙のいざこざは日増しに激しくなっています――「ヒナギクのお茶の場合」について――山﨑眞紀子・94
母語をさかのぼる――「目星の花ちろめいて」の試み――畠中美菜子・98
「所有者のパスワード」――〈ピザ饅〉を食べる女子高生――久保田裕子・102

「光とゼラチンのライプチッヒ」――越境する旅行者の〈物語〉――岩崎文人・106
「盗み読み」――意識のたがはずし――阿毛久芳・110
「裸足の拝観者」――穴に踊る、まなざしの身体――野口哲也・114
戯曲「夜ヒカル鶴の仮面」をめぐる断章――林　廣親・118
『変身のためのオピウム』――華麗／加齢なる変身物語――押山美知子・122
『球形時間』――封じられ／開かれる《日の丸》のために――久米依子・126
『容疑者の夜行列車』――越境する自我と百鬼夜行――土屋勝彦・130
『エクソフォニー　母語の外へ出る旅』――神田由美子・134
『カタコトのうわごと』――〈拒まれたる者〉としての位相――高山京子・138
多和田葉子　主要参考文献――押山美知子・143
多和田葉子　年譜――押山美知子・149

多和田葉子

多和田葉子の文学世界――髙根沢紀子

多和田葉子は一九六〇年東京に生まれた。早稲田大学第一文学部露文科を卒業し、父親の紹介で、当時の西ドイツ、ハンブルグの書籍会社に就職することになる。この異なる文化圏での生活は、彼女の文学活動に大きな影響を与えている。この体験を後に多和田は、〈ドイツ人にとってはごく平凡な言い回しなどが、私の頭の中で次々と日本語に自動的に翻訳され、ナンセンスの世界を作り上げていった。例えば、〈あの人、頭の中に鳥を飼っているんじゃないの。〉〈わたし、この仕事でもう鼻がいっぱい。〉〈あの町は、とにかく夜は死んだズボンだからね。〉〈駄目じゃない、借りた本にろばの耳を作ったら。〉〉（「すべって、ころんで、かかとがとれた」92・5『カタコトのうわごと』）といった具合だと述べている。そのような言語体験を通して多和田は、〈言葉無しで、ものを感じ、考え、決心するようにな〉り〈昔使っていた日本語は、一度死んで、別のからだで生まれかわってきたかのようだった〉と振り返っている。多和田は、英語圏で育って日本語で小説を書いている作家リービ英雄との対談の中で〈言語というものが持っている感性と、自分自身の肉体というか感性との間にズレがあるということを自覚〉（「母国語から遠く離れて」「文学界」94・5）し、それは母国語でも同じだと述べているが、多和田にとってこの体験は単なる異文化との違和というだけにとどまらないものだったのだろう。

学生時代から創作への志があった多和田は、主体が解体されていく体験の中で、ドイツでは母語を異にする文学者による文学がすでに培われていたことにも刺激され、詩と小説による文学活動を始める。これこそは日本語でしか書けないと見切って書いた「かかとを失くして」（91・6）では、〈十八世紀の日本には、オランダ人にはかかとがない、などという噂を信じていた人がたくさんいたらしい〉という、異なる文化圏へ〈書類結婚〉をして飛びこんだ女主人公が直面する訳の判らない日常が描写されている。この作品で群像新人文学賞を受賞し、作家デビューを果たした。

本人にそのつもりがなくとも、かかとを失くしては歩けず、日常生活をおくることができない。耳を削がれたイカも、耳がなければ泳ぎの方向が制御できない。その中での四苦八苦は、最後にそもそも原因となった〈夫〉への反撃の形に噴出して、決して姿を見せない〈夫〉なる存在へと向かうが、〈夫〉自身がイカの死骸として横たわる最終場面を設定した多和田の認識は、紋切り型の異邦人＝被害者といった意識を許していない。それは〈私〉の、この異文化圏における敗北＝逃走を示唆しながら、さらに〈夫〉という一人格の〈イカ〉性をも示すことで文化圏の違いを越えた《他者》との了解不能性へと深まっているのだ。

不条理な状況でそれでも自分なりに判断しながら生活していくという設定は、この後の作品にも頻出し、例えば「光とゼラチンのライプチッヒ」（93・3）、「アルファベットの傷口」（93・3）、「盗み読み」（96・10）、「枕木」（99・1）、「所有者のパスワード」（00・1）そして、「旅をする裸の眼」（04・2）まで受け継がれていく。「所有者のパスワード」は、読者には《訳の判っている》世界での《不条理な状況》が設定されており、立地が逆転しているが、主人公にとっての切実さは変わるものではないだろう。こうした特徴から、多和田作品にカフカ世界との関連を見ようとする批評は初期からある。江藤淳や川村二郎は、多和田の場合状況をもたらすのはほとんどが言語的ディスコミュニケーションであることを指摘している。そのような状況において、主人公は《反撃》を言葉で行ない、《逃走》を肉体で行なう。多和田の作品に移動の物語（旅の話や電車や船に乗る場面）が多いのは、多和田の創作スタンスがここにあるからに他ならない。

「ゴットハルト鉄道」（95・11）もそうした移動の物語である。ヨーロッパ大陸中央部に聳える岩盤にうがった長いトンネルの中を、いわば〈男の身体の中を通り抜けて走る〉ことに胸をおどらせて分け入っていく〈わたし〉だが、ドイツ語圏スイスからイタリア語圏スイスに至らぬ内にスイスで一番醜い〈トンネル工事の時に作られた町〉ゲッシェネンに引き返す。〈硬い石がゲッと擦れ合い、砂利がシェッと滑り落ちて、谷底で湿ってネンの粘土質に変化した。ゲッシェネン。〉という描写には、二つの言語圏の狭間で創作を続ける境界人としての多和田が、日本語を異化しつつドイツ語をもまた異化し続ける姿を見ることができる。「ゴットハルト鉄道」は最初ドイツ語で書かれ、後日本語に翻訳された作品であるが、この擬音語は〈ゲッ〉も〈シェッ〉も〈ネン〉もそのままドイツ語のオノマトペとして使われており、多和田は、ドイツ人にも〈ゲッ〉の硬さや〈シェッ〉の擦過音は通じたと言っている。こうして多和田はドイツ語圏と日本語圏の両方で作品を発表しつつ言語の問題に深く切りこんでいく。

＊

多和田文学の特徴としてまず、多彩な文体とスタイルが挙げられる。段落にほとんど句点がないという息の長い文章を特徴とする「犬婿入り」（92・12）、二つの時間線が章の切れ目にはならずに章の半ばで繋がるせいで、その箇所で文章の呼吸がいきなり変わる「かげおとこ」（98・2）、古文の逐語訳のような「目星の花ちろめいて」（99・9・4）など、多和田には固有の文体がないが、どれもが作品の意図に要請された必然として慎重に選ばれている。

単語の意味のズラシもまた、多和田作品を特徴づける一つである。『聖女伝説』（96・7）の主人公の独白〈あくううううま、と悪魔という言葉が長く長く引き伸ばされ、その内部で多彩な音程が上下左右するのに身を任せていると、陶酔感と不安感に取り憑かれます。あくま。あく、くう、うま。開く、空、馬、大きく口を開いた宙、それがわたしです〉などという箇所に顕著だが、地口でも駄洒落でもなく単語の変容が展開を牽引していくのだ。

「かける」（96・8）に登場する《ｋａｋｅｒｕ》は日本語の動詞である。気にかける、心にかける、腰をかけ、願いをかけ、鍵をかけ、罠に、手塩に、お目に、迷惑を、裁判に、出かけ、鼻に、命を、時間を、かけす、かけあわせ等々と文章は駆け続けて視野狭窄の時間を描いていく。

このような形での言語との闘争は、多和田が言葉の中に、あるいは書物の中に、あるいは文字の中に、現実世界ではない別世界があるとその実在を信じていればこその緊張感を感じさせる。「舌の舞踊」（97・10）で原稿の朗読ができなくなってしまう〈わたし〉は、言語医の助言に従い、助言通りに読むと文字が消えていくのに気づく。そして、〈朗読するためには文面を見つめなければいけないのだけれど〉〈アルファベットの文字はそこには存在しない〉という〈アルファベットの秘密〉に至りつく。

また、「アルファベットの傷口」で、〈わたし〉は現代版聖ゲオルルク伝説を翻訳しようとするのだが、文字の群れは散らばり姿を変えていってしまう。陣野俊史が〈翻訳者の欲望に忠実な理想的な〉と評したとおり〈原文のドイツ語のまま、語順を変えず、日本語のシンタクスをいっさい配慮せずに訳〉すという訳文である（「解説」『文字移植』河出文庫、99）。このとんでもない訳文の断片がいたるところで挿入され、その内容が主人公の生活を少しずつ侵蝕していくのだから、単なる意匠とは言えないだろう。〈アルファベット〉というよりは欧文脈との齟齬がざらついた効果を醸している作品である。

「舌の舞踊」で主人公が陥った病の一因が、〈アルファベット〉が表音文字であるがためだったとするなら、「ちゅうりっひ」（『光とゼラチンのライプチッヒ』収録）での、一頁に漢字が数個しか出現しない平仮名文章もこの展開としての挑戦であったろう。そして、何より〈漢字の形そのものを面白いと思ってじっと眺めていると、その字の意味が分からなくなる〉、〈意味が分からなくなった漢字は妙になまなましく見える。そんな時、漢字は、字の意味とは関係のない何か別の大切なことをしきりとわたしたちに語りかけてくるような気さえする。そんな漢字の不思議さに魅せられたのがきっかけ〉と多和田自身が語る「飛魂」（98・1）は、表意文字である漢字自らに語らせる試みと言えよう。「飛魂」には〈読者に対する強制につながる〉〈漢字いじりをしているとしか思えないような造語〉で書かれた作品とする評価もあるが、決してそうではなくまた〈日本語として音読みの名前はどうしても不自然で、日本人名と思わなければいいのでしょうが、日本語の文章の中にあるから〉（「創作合評」「群像」98・2）といった読み方を期待されている訳でもない。読者に強制しているものがあるとすればそれは漢字に淫する体験であろう。

＊

多和田の作品世界を形成しているその他の特徴としては、例えば民話的枠組みがある。学習塾を経営する一人住まいの女のところに男が闖入してきて暮らし始め、その男は犬を思わせる性癖を持っている、という「犬婿入り」は、その代表である。理不尽に進んでゆく物語を、多和田は段落にほとんど句点のない息の長い、そして視点が縦横に変わる文体で描いている。黒井千次は〈鉄道沿いの北側に拓けた、団地を中心とする新興の住宅地と、昔から農業を営んで来た南側の地域〉の〈旧農村地域に開かれた北村みつこの塾に、北側の住宅地から子供達が通って来る〉設定に、〈新旧二つの文化の接点〉（「芥川賞選評」）を見ていた。流れ者であるみつこがより都会的な北側ではなく〈南区〉に居を定め、子供達に怪しい民話（犬婿入り）など教える在り方もだが、この話が子供たちによって様々な変奏を見せる挿話は、口伝説話の展開をパロディとしているのである。民話的枠組みは、〈犬婿入り〉という下敷きを持つ犬のような男との暮らしの話、といった本筋の中に入籠状に組み込まれながら「犬婿入り」全体に物語の揺れをもたらしている。

このような民話的な物語の枠組みを借りた作品には『ふたくちおとこ』（98・8、原題「ニーダーザクセン物語」97・8）が挙げられる。この作品は、ドイツの著名な説話や伝説的な人物を扱った三つの連作からなる。その他にもキリスト教伝説を使った「聖女伝説」や、日本の説話、鶴女房や浦島伝説を援用した戯曲「夜ヒカル鶴の仮面」（94・1）があり、そもそも一作目の「かかとを失くして」にしても「アモールとプシケ」を下敷きにしているという指摘（加藤弘一「創作合評」「群像」95・12）がある。もっとも、会わない夫がイカだった話をヘビだったに読みかえるのなら、日本の古代伝説にある箸墓伝説も同じ話であり、まさに説話の類型となっている。

＊

女性的な身体性を表現の特徴とする多和田であるが、「三人関係」（91・12）には、身体性を身上とする表現上の特徴を縦横に生かしながら、伝統的家族観を無化する無秩序な関係が描かれる。〈私〉はかつての恋人と、その恋人が前につきあっていた女性との間に三角関係ならぬ〈三人関係〉を作ろうとして失敗している。それは〈つかみどころがなく、ぼんやり、ゆったりとした関係。誰が誰と結びついているのか、わからないような関係〉とされている。ここには、二人で構成する関係性の自閉をゆるやかに崩しながら世界に開いていく可能性が窺われるが、その実態は〈いつも、ふたりで、残りの一人の噂話をしているような関係〉であって、フェミニズム的なジェンダーフリーの物語にはなっていない。言語による関係性の構築が主題となっているのである。

〈私〉は、職場の同僚綾子が彼女の好きな作家秋奈の夫と師弟だったことから、〈私〉―綾子―秋奈の三人関係を作ろうとして、綾子からしつこく作家の話を聞き出すが、それによって構築されていくのは、実際には〈他人の話なら、いくらでも作れそうな気がする〉〈私〉の、〈私〉―夫―秋奈の三人関係への妄想である。一辺だけが〈噂話〉で作られ、中の二人は常に現実の人間関係を支える〈三人関係〉だったはずが、すべてが〈噂話〉と談話と妄想によって作られていく人間関係は、中央線を始点とする限り決してたどり着けない秋奈の家のある貝割礼駅のようで、言語による構築を始点とする〈私〉は、綾子に逃げられている。〈私〉は、綾子について〈私が作ってあげた三人関係を盗んで、逃げてしまった〉と感じているが、その綾子自体が〈私〉の幻想の産物かもしれないと疑わせる語り方がなされている。かつての恋人のいとこ杉本が、やはりこの夫と親友だったという脇筋が小説の導入から挿入され、綾子に去られた〈私〉は、次第に杉本を恋人にするべく行動しながら、〈私〉―杉本―夫の三人関係を妄想し始める。そこには〈私〉―秋奈―夫が重ね合わされており、この〈三人関係〉が言語性と同時に、常に重層する関係としての拡散性をも示している。しかし、これを〈私〉は〈扉を閉じるように〉幕を閉じるように。まるで、そうすれば、同じ話が初めから繰り返されるのを止めることができるとでもいうように〉拒絶の身振りをしている。しかし〈中央線を出発点とすることしか知らない私には、貝割駅が見つからない〉ように、言語による世界構築しかできない〈私〉は、〈繰り返しの避けられないことは、わかって〉いて、〈そこで秋奈に出会う私は、今度もまた、私ではなく、第二の綾子かもしれない〉という形で、幻想だったかもしれない綾子に自分を重ねて自閉した世界から出ることはできない。「三人関係」は、言語世界の覇者でありまた囚われ人でもあるだろう多和田葉子の、面目躍如たる特徴的な一作である。

多和田は上手なドイツ語や美しい日本語を語りたいわけではない。〈ふたつの言語の間に存在する〈溝〉のようなもの〉（「〈生い立ち〉という虚構」93・3『カタコトのうわごと』）の中で暮らしかったと述べているように、ドイツ語でも日本語でもない、言葉と意味がずれてしまうような、あやふやな《言葉》の中でその〈〈溝〉のようなもの〉を描いているのだ。その試みは日本語をひいては日本文学をも相対化するような文学として繰り広げられていくだろう。

（武蔵野大学非常勤講師）

付記

なお、本稿は、川村湊・唐月梅監修、原善・許金龍主編、与那覇恵子・清水良典・高根沢紀子・藤井久子・于栄勝・王中忱・笠家栄・楊偉編『中日女作家新作大系・日本方陣』（中国文聯出版社、00・9）全十巻のうち、『多和田葉子集』の解説として付載された「多和田葉子的文学世界」（中国語・笠家栄訳）の原文を基に、書誌的な注記を補い、最新作名を追加するなど、若干の補筆を加えたものである。

「かかとを失くして」――悪意の愉しみ――

小林幸夫

小説は、語り手が断定したとき意味が確定される。読者は、その確定された意味を重ねていって小説を理解し享受してゆく。これが小説の常道なのであるが、この小説はそうはさせてくれない。語り手によって「――らしい」「――かもしれない」「気がする」「わからない」が連発され、読者は意味の不確定地獄をさ迷わさせられるのである。読者は大量の、意味不確定という毒薬を飲まされ、意味享受活動不全に陥る。ということは、この小説は、主人公〈私〉の性格の素直さとは裏腹に、〈私〉が読者に意味の不確定という毒をてんこ盛りに盛った悪意の小説であり、どうやらそこにこの小説の価値があるらしい。

この小説はおそらく笑っている。そしてこの笑いを理解してくれる読者を求めている。

小説の意味がすんなりと読者に伝わってしまったら作者も読者も緊張感がなくてつまらないよね。小説ってこういうものだよねって安心し合っている作者と読者の関係って仲睦まじすぎて温《ぬる》いよね。こういうのって文学に対する怠惰じゃない？　オメデタイ枠を取っ払って、「刺激！」っていう感覚を味あわない？――こんなメッセージが作品から聞こえるのである。つまり、小説における言葉の意味の確定を前提として書く作者と、その前提で読む読者という小説の常識＝良識を笑っているのである。作者・作品・読者の作っている安全で良識のある関係の枠組み、この爆破を行っているところがこの小説の新しさなのだ。

さて、主人公であり語り手である〈私〉の認知は不確定で読者の読書行為を幻惑し続けるのであるが、〈私〉の取る行為そのものは読者に意味を確定させるので、〈私〉の行為によるプロットやストーリーは生じている。かいつまんで言えば、「遠い国」に「書類結婚」をして来た〈私〉という女性が、夫の家で生活を始めたものの、一度も顔を合わせることができないまま、六日目に夫の部屋を錠前屋に鍵をこわしてもらって開けてみたら、夫はイカで、なおかつ死んでいた、というものである。夫がイカであったという結末以前は日常現実を小説の場とした小説であるが、結末によって小説の全体が非現実を小説の場としたものであることが明かされる構造の小説である。

さらに、結末まで至った地点から見ると、この小説が、以下に挙げる二つの文を軸として成り立っていることが見えてくる。その第一の文は、〈私〉がこの町に着いて夫の家へ向かう途中、〈私〉を笑った子供たちが歌った歌について述べた一文である。

その歌詞は、旅のイカさん、かかと見せておくれ、かかとがなけりゃ寝床にゃ上がれんとも聞こえたが、本当は私にはよく理解できなかった。

ここでも〈私〉は「とも聞こえた」、「よく理解できなかった」と認知の不確定を示しているが、それはそれとして、一応聞き取った歌詞そのものは、〈私〉の上に生起する出来事と符合しているのである。

「旅のイカさん」の「旅」は、〈私〉がこの町に結婚生活をするために来たエトランゼであることと符合する。ただ〈私〉はイカではなく人間であるのだから「旅のイカさん」＝〈私〉とはならないのであるが、結果的にイカと結婚したわけであるので、「旅のイカさん」にはイカと結婚した〈私〉という状態の喩としての機能がある。そして、「かかと見せておくれ」は、〈私〉が病院でかかとを診断されたことに符合し、「かかとがなけりゃ」は、その医者にかかとが欠けていると宣告されたことに符合する。さらに、「寝床にゃ上がれん」は、〈私〉が結局は夫と同衾できなかったことに符合する。つまり、この子供が歌う歌詞は、出来事の時間的順序、つまりストーリーを物語ってしまっているのである。

さて、第二の文は、小説の冒頭で、この町の駅に着いた〈私〉がプラットホームにある巨大な広告板の広告を男が張り替えているのを目撃したことを述べた一文である。

広告には青いタイツをはいた女の写真が使われていて、大男がその女のおなかの部分を剝がすとその下には朝食の卵立てと紅茶ポットの写真が現れ、さらにその横にはもうひとつ下の層にある鯨の絵が見えていた。

広告板に貼られた写真の女のおなかの部分から現れた「卵立てと紅茶のポット」は、〈私〉が毎朝食卓で出会う器具に符合している。そして、毎朝、一日をこの「卵立てと紅茶のポット」から〈私〉が始めるということは、この二つの器具が結婚生活のルーティーンを示す指標となっているのである。

このように、第一文は〈私〉の時間的経過における事態の変容を語り、第二文はその推移の中で繰り返される円環する日常を語っているのである。そして、この二つが同時に進行するありようがこの小説の内容なのであり、この小説は、したたかに構造化された小説なのである。

ここで、内容を点検すると、最も興味深くて面白いと思われるのが、次の二点である。その第一点はこの町の流儀・生活習慣・価値観である。書類結婚が一般化しており、人々は職業に敏感であり、女たちはとくに教育があることと階級を重視し、「解放された」女であることと「女性の一人暮しの価値」を主張する。ここには、差別と解放というおよそ正反対のベクトルを有《も》つ観念が同居している。「解放された」女であると同時に強烈な差別意識を有つ女性の存在は、フェミニストの陥りやすい一面を暴いていて刺激的である。

第二点は、〈私〉の行動原理・思考のあり方である。対人関係において〈私〉は多くのウソを易々とつく。母を心配させないためにつくウソから気まずさを回避させるためにつくウソまで多様なウソを数多くつき、それにもかかわらず自我は微塵も揺らぐことはない。そして、思いつきを言い、考えてもいないことをスラスラと言う。これらの行為は、嘘も方便などという価値観をすっ飛ばしていて、ウソとマコトの二項対立を超えている。そこに見えるのは、ウソもフツウ（普通）と同義であるという認識である。さらに注目すべきは、〈私〉が夜見た夢を現実に連結させて思考し行動していることである。夢を現実と同一平面上に起った事態として受け取っているのである。ここにも夢と現実という二項対立はない。しかも、毎晩見る合計五つの夢のうち二つは夫と会話し身体的な接触もしており、それを夫と思っているのであるから、〈私〉は現実においては一度も生きている夫と会うことがなかったにもかかわらず、結婚生活は体験したとも言えるのである。この濃密さからすれば、毎日顔を合わせる一般の結婚生活は薄っぺらなものに思われてくる。ウソを倫理から排除せず、夢を非現実であると括らない生き方、それが二項対立の思考の無効性を告げているのである。だから、この小説は一種の哲学小説なのである。

かかとを気にする人たちが生きる国、かかと文化圏。そこに飛び込んだ〈私〉とその〈私〉に突っかかってくる女性たちとのズレた会話の連鎖、――そこは異化の宝庫である。これを愉しむのもいい。そして、小説にちりばめられたイカの切片――ソースは墨の味がし、イカの耳をむしる手伝いをし、イカの群のような人々に会う、それらイカの切片にゆるやかに統辞された言語世界を味わうのもいい。

なお、この作品については、山﨑眞紀子氏に「多和田葉子『かかとを失くして』論―異国という装置―」（「昭和文学研究」第30集、95・2）という意を尽くした論がある。ぜひ参照されたい。

（上智大学教授）

「三人関係」——名称先行主義宣言——

高原英理

全くそこにあるだけとして読める小説もあるが、書かれた背後をどうしても想像しないではいられないという、そんな小説もある。多和田葉子は常に作者自身を読者に意識させる種類の作家ではないのだが、この「三人関係」について言えば、読み手に、作者のある願望もしくは欲望を仮定させる。

そして想像されてくる作者像は、むろん決して多和田葉子その人でもなければ、固有の作家ですらなく、生身の作家自体とは全く異なる、たとえば私なら私という読者がただ想像し創造した括弧付きの〈作者〉というべきものであり、小説の読解とともにそうした読者によるメタレヴェルでの創造を促す契機がこの「三人関係」にはある。もっと簡単に言うなら、小説での展開を読むと同時に、〈どうしてこの小説は書かれたのか〉ということをも読んでゆく形で鑑賞される小説がこの「三人関係」だ。そこでは読者によって執筆動機や〈作者の意図〉が仮定されゆくが、むろんそれは飽くまでも勝手に想像されるものであって、作者に主導権があるのでない。むしろ読者が作者を僭称していると言ってもよいようなものだが、しかし、小説の読者には、登場人物に成り変わる自由とともに、それがいかに恣意的であったとしても作者に成り変わる自由もまた確保されているのである。

この小説は、語り手が同僚の女性から、どこか特別らしい芸術的な夫婦との交際の進展を聞き出してゆくという形で進むが、途中からそれは幻想的な別の世界の出来事のように語られ始める。語り手が行こうとしても辿り着けない路線の沿線にその芸術家の夫婦は住んでおり、同僚はそこへでかけてゆくのだという。それは相手が作り出した嘘ではないかと思われもする。しかも語り手自身がかつて経験した関係、実践しようとして失敗した関係の報告とともに、そこからの願望が重ね合わされることで〈三人関係〉という物語が補完され、妄想の度を加えてゆく。同僚が仕事をやめて去った後も、あるべき、しかし未だ辿りつかない〈三人関係〉についていつまでも語り手は語り続けるであろうことを予感させて終わる。

では結局〈三人関係〉とは何なのかと問うなら、〈つかみどころがなく、ぼんやり、ゆったりとした関係。誰が誰と結びついているのか、わからないような関係。いつも、ふたりで残りのひとりの噂話をしているような関係。おしゃべりから成り立っている関係〉といったもので、語り手にも作者にもその実質を答え得ない関係、少なくとも〈三角関係〉ではなく、二人が一人を排除せず、また二人が一人を取り合わず、三人によって初めて成立する奇妙で親密な関係、としか言いようのないものである。

すると私である一読者は、次のように考えることになる。

〈作者〉にはまず、〈三角関係〉と言われるものの凡庸さへの嫌悪、欲望に予め与えられた道筋への嫌悪、そしてすべてをたとえば〈欲望の三角形〉とか〈エディプス的関係〉とか、俗悪なありきたりさで説明してしまおうとする性的関係についての既成の意識自体への反発があり、それへの抵抗としてこれは書かれた。この〈作者〉は、現行のセクシュアリティ、そしてその解読方法に飽き足りなくて仕方がない。なぜ他者を愛するか、それはたとえば男性なら父に対し母を取り合うことからだ、他者への愛は別の他者がその他者を欲していることを見てそれを倣うことから始まるものなのだ、等々、実のところ、その性愛への解読は、いかに哲学的な装いで語られるとしても、〈結局、男と女の関係なんて……〉と酒場で語られる種類の決め付けと、質の上では異ならない凡庸なものと〈作者〉には見える。ＴＶドラマで、映画で、流行歌で、飽きるほど繰り返し語られ、そして未だ繰り返し終わらない、退屈で卑俗な〈三角関係〉言説、それへの抵抗をこの〈作者〉は実践しようとしたのだ。

あたかも、作中で語られる、語り手が辿り着けない場所のように、未だ誰もそれを欲望したことのない欲望を造形してみたい、という、これが、この〈作者〉がこの小説を書こうとした動機、そして野心に違いない。性愛関係が三角関係という葛藤によってだけ成立する、と決め付けられていることに〈作者〉は不満である。ここに〈作者〉は反発し抵抗する。他者の獲得を倣うことで成立した獲得欲望による、二者択一、一者獲得、一者葛藤、といった〈三角関係〉を回避する性愛関係というものがありえないのか、それを描きたい、という強い意志からこの小説は書かれた。と、読者である私は実際の作者の思惑とは無関係に想像する。〈三角関係〉とは飽くまでも異なる〈三人関係〉というものを、〈作者〉は創造し、造形しようとした。とはいえ、それは現行のセクシュアリティと性的関係のイマジネーションへの抵抗から始まったものであって、われわれが、一応思考の手順として慣れているつもりの、〈ある経験があって、そこに読み取られた意味を伝える〉という形で〈報告〉されるものではない。それは未だ見ぬ何かをどうにかして言語の上で定着しようとした試みである。つまり、〈三人関係〉という言葉が先にあって、誰も知らないその意味を小説の形で叙述したもの、それがこの「三人関係」である。

ここでふと私は、〈しろうるり〉という語を思い出す。吉田兼好の『徒然草』第六十段に記され、後に澁澤龍彦の『思考の紋章学』所収の「オドラデク」というエッセイでそのパラドキシカルなおかしさを教えられた。オドラデクはカフカの「家長の心配」に出て来る奇妙な物体だが、その名と意味のあり方が兼好の語った〈しろうるり〉と同質であると澁澤は告げている。兼好によれば、学問に優れ不羈奔放で知られた盛親僧都という僧が、ある法師を見て〈しろうるり〉という渾名をつけ、〈しろうるりとは何ですか〉と人に問われると〈そんなものはおれも知らん。もしあったとしたらこの法師の顔に似ていることだろう〉と答えたという。つまり兼好は、名前が先にあって、具体的な内容を欠いた言葉として〈しろうるり〉をあげていたことになる。

後に、研究者によればこの〈しろうるり〉にも根拠となるものがあり、実のところ、〈意味のない言葉だけ〉ではないのだ、という話も私は聞いたが、それはそれとして、〈言葉が先行し、意味が後から作られる〉という現象があるとしたら、兼好が告げた限りでの〈しろうるり〉のエピソードと多和田の「三人関係」は相同性を持つ。「三人関係」の〈作者〉にとって、言葉のみを先行させ、それによって既にある意味の範囲に限定されない瞬間をとらえることへの期待が〈語ること〉の希望なのだ。

ただし実際には先に引用したとおり、〈ような〉を多用した叙述としてしか、あるいは類推混じりの奇妙な物語としてしか描かれることはない。描き切ってしまえばこれまた意味の限定として終わるからである。〈作者〉は〈三人関係〉を〈三角関係〉のようにわかってしまうことを回避している。

するとそれは読者には、ただなんとなく変なものを読んだ、という印象しか与えないのではないか。そう感じる読者もいるはずだ。だが、私は、どこまでも構造化された現行の言語とそれによる性の解釈の、その外へ逃れ出ようする〈作者〉の意志に共感する。そのように考える者にとってこの小説は、未だ見ぬ何かへの〈作者〉の憧憬の強度を示すものと受け取られる。むろん言語によって言語の外へ出ることはできない。しかし、そうした想像を絶えず訴えざるをえない不可能への強烈な意志は、人が文学的とされる行為へと駆り立てられる根拠のひとつではないかとも思う。「三人関係」は、矛盾と知りつつも言葉で言葉以上を表現しようとする願望の強さによって、とりわけ表現に志す者を惹きつける。

（文芸評論家）

「ペルソナ」——武田恵理子

多和田葉子の作品には、女性主人公の未知の世界との出会いを描いたものが多い。彼女達はある世界の言語を覚え、その知識を利用して新しい世界に羽ばたいていこうとする。対峙する新しい世界は、外国であったり、少女が大人になる時間であったり、どこにいくかわからない列車の中であったりするが、いずれにしても多和田葉子は、明晰で厳格で、なおかつ感覚に忠実な文体によりその邂逅を書いていく。読者は時に不思議なその世界を自然に受け入れる。それは、読者の日々の生活もまた日常の繰り返しでありつつ、要所において新しい世界に入っていかざるを得ないものであり、読者はその危険と目的のわからなさをよく知っているからだ。

多和田葉子の起点ともいうべき作品「かかとを失くして」(91)は、とりわけこの〈未知の世界との出会い〉の面が強く出ている。主人公は〈書類結婚〉をしてある国の町に引越してきた女性である。書類一枚の他に存在理由をもたない彼女は、新しい世界を認識し、理解し、自己証明をしようと試みる。ある国で、その国民であり、その国語を使って生きる時、学び、愛し、年齢を重ねていく時、国語はほとんど自動的に意味を伝える。国語には安定した意味とレフェランスがあり、事物は言葉によって支えられ、意味と目的の安定したシーニュとして存在する。しかし、未知の新しい世界に足を踏み入れると、この安定したシーニュの世界は崩れる。出来事に意味を保証するコードがなくなるので、現象、事物は、方向性のない、無目的な記号となる。「かかとを失くして」

の主人公も〈夫〉という言葉の意味はよく知っていて、制度的にどのようなものであるかはわかっていても、夫の正体はわかっていない。新しい世界では、一度、全て意味が宙吊りである無目的な記号に囲まれるが、これをシーニュに対して、アンディス（indice、徴候、手がかり）の世界と呼んでみよう。

この世界の意味を知ろうと、彼女は合理的で整然とした言葉で問い掛け、自らの状況を説明していく。しかし、それは通常の国語の使用とは全く異なる。意味が宙づりのままの言語の使用であり、国語から離れた、相対的なロゴスの使い方である。目的の定まらない事物（アンディス）にそのような合理的な言葉を重ねていくことがこの作品の面白さであるが、このアンディスによる目的なきロゴスの世界は、特定の言語に囚われずに言葉が純粋に用いられる時でもあり、いわば言葉の零度といえようか。国語で書きながら、多和田は未知の世界、アンディスの世界との出会いを徹底的に言葉にすることに成功している。

このシーニュとアンディスの対立から「ペルソナ」(92)をみてみよう。「ペルソナ」は一見、「かかとを失くして」に比べて逆説的と思われるほど、細部の意味がよく通った作品である。主人公は〈道子〉、弟は穏やかな日本人男性で〈和男〉、道子が探しにいって見つけられないのはドイツで日本製品を使うための〈変圧器〉である。これらの言葉は安定したアナロジーで、意味は保証されている。スノッブな駐在員社会というのも見慣れた設定だ。一見「ペルソナ」とは正反対であるが、道子もまた、〈新しい世界〉に入った主人公である。彼女がそれを感じるのは、身体においてである。先のシーニュとアンディスの対立は、国民性と身体の対立ととることができる。

「ペルソナ」のテーマは国民性である。そして国民性が問われる際、思想ではなく身体上の違いが問題になる。和男を始めとして、佐田さん、山本さん、シュタイフさん等、日本人社会、ドイツ人社会に安住している人々は、特定の国民であることを特定の身体性をもつことに結びつける。韓国人は日本人と違って目が細く、臭いニンニクを食べるのはトルコ人、セルビア人、ギリシャ人、ということになる。一方道子は、そういう安易で安定した自動的な意味付けからは解放されている。道子にとっては、本質的にそれらの国民を区別する外観もなければ、区別する食文化もない。すなわち、先の言い方に従えば、和男たちにとって国民性は特定の意味合いをもったシーニュである。しかし、道子にとって国民性はアンディスであり、自動的な意味を負わない。コードから離れた国民性は、混沌とした身体として彼女の前にある。

道子の苦しみはいかなるものか。道子は混沌とした身体のアンディスの世界にいる。意味を保証されて言葉を使うには一定のコードが必要であり、アンディスの中にいる道子はそこに至ることができないでいる。「かかとを失くして」の主人公の反応とは反対に、その中で道子は言語から遠ざかっていく。和男の留学生活が順調であるのに対し、道子の論文は一向に完成しない。また、道子の日本語は、駐在員夫人達と話している時に下手になってしまう。彼女は安定した言葉の世界から追放されているのである。次に、道子の戦う場は身体となる。アンディスの世界の中で外見としての身体の問題を言語的に解決できない彼女は、自らの身体もそのことに侵食される。〈痛み〉と〈かゆみ〉があったり、何か書こうとすると、〈形のない冷たく湿ったからだのようなものが蠢いてい〉る下の方に引きずられる思いがしたりするのである。そして、新しい世界、アンディスである国民性の世界の中で、言葉と身体において苦しみ、そこに橋を架けることができないでいる道子は、国民性をそのように相対化した結果、自らの国民性も失い、自分自身を言語的に、また身体的に立たせることができない苦しみを味わっている。そんな道子にとって国民性を装うのに最後に訴える手段は仮面である。

道子は最後に深井の面を被る。面を被ることにはいかなる意味があるのだろうか。それはキャラクターを獲得することである。能では、深井の面で夫と子とを思う情念の中年女が演じられる。道子の場合、仮面を被ることで、日本人としてのペルソナを取り戻すという意味がある。そして道子は、アンディスの中で自分自身を建て直し、スノッブな偏見とは離れつつ、しかし文化的に、言葉、意味の世界に復帰することを目指す。

道子は顔を面で隠している、というよりは、からだを剥き出しにして歩いているような気がしてきた。しかもそれは、観賞用のからだではなく、強い言葉をもつからだなのだ。

道子は強い解放感を感じているが、この解放感は、彼女が国民性の面を被ることで彼女の身体は日本人となり、その言葉に正当性が生まれたことに起因するだろう。彼女は、混沌から言葉の世界に復帰したかのような感覚を覚えている。さて、この言葉は本物なのだろうか。仮面を被ることで言葉の世界に戻ってきた道子は、和男と星先生がいるはずの中華料理屋に行くという目的をもって道を歩く。しかし、人々は日本人である道子に気づかない。そして道子も、なぜかその中華料理屋をみつけることができない。外からも、内からも、それは仮面であって、言葉ではなかった。結局、道子は言葉の世界に戻ってくることができない。これが、「ペルソナ」の結論である。

新しい世界とは、シーニュではなくアンディスとして現象、事物が現れる場総てである。そのような世界を新たに読み直そうとすること、その試みの純粋さと苦悩、そして失敗を、この作品は表している。その後の多和田葉子の作品は、そのような混沌とした、あらゆる方向に目的が読みうる世界を、逆に肯定的に捉え、いよいよ豊かにそのような世界で生きる様々な可能性を書き続けているが、その出発点として、「ペルソナ」のような作品があったことは、逆に興味深いことであろう。

（財団法人　日仏会館）

「犬婿入り」の授業風景——岡部隆志

私は現在勤め先の短大の授業で、多和田葉子の「犬婿入り」を学生に読ませている。読んで感想を書かせるというオーソドックスなやり方だが、読む前に、異類婚の物語の概説を講義する。この講義には時間をかける。というのは、異類婚という物語自体が、かなり古層の物語であり、また、世界に流布する普遍的な物語であるからだ。また、とらえ方によっては、とてもエロチックでスリリングな内容である。この古層性や普遍性、そしてきわどさについて今の学生はほとんど知識がないので（むろん一般にも知られていないだろうが）、まず、その知識を与えることから授業を始めなければならないのである。

そういう啓蒙活動をしてから（当然「犬婿入り」という昔話についても説明する）、この小説を読ませるのだが、学生は、とても面白いという二・三割を除いてはほとんど、わけがわからない、いったいなんなんだろうこの小説は、という反応を示す。むろん、つまらないと言っているわけではない。ただ、自分の知っている小説というものとだいぶ違うので、多少拒否反応を起こしている、ということだ。

恐らく、この反応は、作者の思惑通りなのだろうと思う。というのも、この拒否反応は、異類婚の知識を与えたために生じたとも言えるからだ。「異類婚」というモティーフの物語があることを知ることによって、そのモティーフに読みが誘導される。が、誘導されたものの、その「期待の地平」は裏切られる。この小説の中の、異類というイメージを与えられた登場人物たちは、人間と関わりをもっても、期待通りにどちらかがどちらかを殺したり、あるいは人間と異類との夫婦関係を解消して別れる、というようにはならないのだ。この小説の異類たちは、人間との関係を拒絶するように、自分たちだけの関係に閉じこもり、そして、最後にどこかへ旅立って消えてしまう。異界へ帰ったというのではなく、寄る辺ないこの世界を漂流するようにどこかへ移動したという感じで消えていくのだ。

もし、「犬婿入り」という異類婚の話型の分類名を知らず、そのモティーフも知らずにこの小説を読んだら、学生が反応したような混乱は出てこなかったろう。異類婚の知識なしに読めば、ちょっとアブノーマルな人々(今時世間では珍しくない)の引き起こすありふれた物語でしかない。ところが作者は、この小説を、異類婚というモティーフの刷り込みなしに読めないようにしてあるのである。これがこの小説の巧みな戦略なのだ。

何故この小説の題名は「犬婿入り」なのか。理由は、「犬婿入り」という異類婚のモティーフを、読者が小説を読む前に読者に刷り込ませておくためだ。つまり、この題名自体が、あらかじめ、このモティーフに誘導する伏線になっている。しかし、読み手が「犬婿入り」の内容を知らなかったらどうなのか。その心配も無用である。冒頭に、キタムラ塾の先生や団地の主婦の口から、「犬婿入り」という民話のモティーフがどのようなものか、そのエロチックできわどい内容を解説させているのである。

それなら学生に異類婚の講義をしなくてもよかったのではないか、ということにもなるが、残念ながら、私の教える学生は作者の戦略にはまるほど小説を読み慣れていない。学校の教科書に出ていた断片的文章以外、小説などほとんど読んだことがないというものたちばかりなのである。つまり、作者の戦略に乗せるようにするまでにちょっと手間がかかるのだ。

というわけで、学生たちのとまどいを引き出した後、私は、この小説には二通りの読み方があることを教える。一つは、アブノーマルな登場人物を異類と信じた上で、異類と人間という対立構造を読み取り、その対立の中で、どちらが自由に生き生きと生きているだろうか、と問いながら読むことである。とすると、学生は異類の側の方が人間らしいと答える。とすれば、そこに一種の価値の反転が起こっていることになり、この小説の一つのおもしろさを言い当てたことになる。

もう一つは、徹底して読み手が団地の主婦の立場になってしまう読み方である。まず、この小説の冒頭が、団地の昼下がりの光景の描写からはじまることに注目する。それから、この物語の重要な語り手が団地の主婦たちであることにも注目してみる。キタムラ塾の先生が話していた「犬婿入り」のモティーフを子どもたちから聞き、それをさらに増幅させて流布したのも主婦たちだ。ある学生は、この小説は、団地の主婦たちが観ているテレビのメロドラマではないか、と感想を書いた。鋭い指摘だ。確かに、この物語全体が、団地の主婦たちの「夢」かも知れないという不安感が最後までつきまとうのだ。

そこまで読み込むのは強引すぎるとしても、何故「犬婿入り」という民話の話型を刷り込ませたのか、というもう一つの理由が実はそこから見えてくる。それは、団地の主婦であるわれわれが、ちょっとは刺激的な物語を消費するためには、民話のしかもきわどい話型のフィルターを通して、われわれの無意識に潜む物語への衝動を現実化するのがよい、ということだ。この団地の主婦たちの試みは成功したのだと思う。「犬婿入り」という話型自体が、団地の主婦たちの物語衝動を満足させる消費対象そのものだったということだ。彼女たちは、見事に異類たちを、もしくは異類婚を商品として消費したのだ。とすれば、この小説の題名「犬婿入り」は団地の主婦たちであるわれわれが消費する商品の題名ということになる。そう考えれば、そういう消費行動そのものをこの小説は描いたということになり、極めて皮肉に、われわれの物語を消費するあてどもない行為を活写した小説ということになる。

ここまで説明するとさすがに学生はついてこれなくなる。そこで、先生、希望が持てない小説なんですか、と質問する。私はいや必ずしもそうではないと答える。

異類とみなされる登場人物たちは最後に舞台から消えるが、どこへ行ったのだろう。また、どこかの団地の主婦たち（別に団地の主婦でなくてもよいが、例えば女子高生だってよいのだ）の物語衝動を満足させるために、突然「電報」を打ってそこにあらわれるのだろうか。そうして「犬婿入り」を演じてまた消えていく、ということか。それじゃ救いにならない、それじゃ彼らはチョコレートのおまけについている物語世界の人形みたいだ。彼らが消えたのは、むしろ、消費される物語世界そのものから逃げだしたと考えたらどうか。つまり、おまけであることを嫌ってチョコレートのおまけの箱から飛び出したのではないか。その前途はたいへんだろうが希望はあるよね。とまあ、希望を語る。

それにしても、この作者は、すごい物語衝動を持っている人なんだと思う。だけど、それを語り出すには、かなりバイアスがかかってしまう厄介な心を持った人なんだ。だから、この作者は、それなら、そのバイアスそのものを物語として書いていこうと考えた。そうして自分の物語衝動を表現していこうとした。だから、この人の小説は、ちょっと変わっているのだけれど、物語衝動そのものはたくさん抱えこんでいるので、不思議におもしろいんだ、と学生に語って授業を終わる。学生は、よくわからない授業だったけどなんとなくおもしろかったというような顔をして席を立つ。

（共立女子短期大学教授）

「犬婿入り」——星野久美子

多和田葉子は、「かかとを失くして」や「ペルソナ」で異文化との違和感や軋轢を表現してきた。この時の鋭い感性がやがて日本に向けられたとき、日本の社会の内部にも異文化どうしの軋轢やきしみを見ることになったのだろう。「犬婿入り」の舞台はこうして首都圏多摩地区の鉄道沿いに発達した町となる。すなわち鉄道の駅を中心とした新興住宅地、三十年の歴史を持つ北区と、多摩川沿いの古くから栄えていた南区、〈竪穴式住居の跡もある〉ほどというから数千年の歴史を持つ地域である。主人公北村みつこは二年ほど前にこの南区で学習塾を開き、通うのは北区の子供たちなのである。古い日本的な社会と近代的な団地社会が学習塾を接点に衝突する。

しかし、「かかとを失くして」や「ペルソナ」がそうだったように異文化のまっただなかに投げ込まれた主人公が一貫して視点人物となり作品空間が鋭い軋み音を上げたりは、「犬婿入り」はしない。キタムラ塾の北村先生は時に子供たちにとんでもない話をするのだが、これを伝え聞いた母親たちがそのとんでもなさにあれこれと理由をつけて受容してしまうからである。〈北村先生がね、一度使った鼻紙でもう一度鼻を拭くとやわらかくて暖かくてシットリして気持ちがいいですよ、そうやって二度使った鼻紙を、三度目には、お手洗いでお尻を拭く時に使うと、もっと気持ちがいいですよって言っていたよ〉が母親たちの話題の中で変質していくといつのまにか倹約の精神だとか教育上の理由だとかになってしまい、犬婿入りの話は飼い犬にお尻をなめさせて下の始末をする冒頭を持つが、これも〈でもあの昔話、実際にあるんですってよ〉〈民話の本にも載っていた〉という展開で北村先生は教科書にさえ出てこないような話を子供にうまく話すことができる人になってしまうのだ。そして母親たちの内部にはこうした身体性を特徴とするエピソードが〈安心〉に定着し、うごめきつづける。

古い社会が新しい社会と争った挙句絶滅するのではなく、新しい社会の内部に古い社会の感性が気づかれぬまま保存されている、そのありようをキタムラ塾は揺り起こす。同時代で比較するならこの作品のほぼ一年半後、高畑勲が「平成狸合戦ぽんぽこ」を発表している。媒体の差を考えると発想の或いは制作時期はきっちり重なっている。同じ多摩丘陵で人間の開発に追われた狸たちが戦いを挑み敗れた後人間社会に混じって暮らし始めるという枠組みは、近世以前の感性側が現代社会に溶け混じって現存するという認識において「犬婿入り」の舞台設定と双生児的な相似性を持っており、九十年代前半という《時代》が共有した問題意識を透かし見ることができるのだが、多和田葉子の現代社会への認識は高畑勲よりも或る種のしたたかさをとらえていて出色である。高畑は最後の場面で観客に向けて憤怒を噴出させるという暴挙に出るけれども（サエない生活に浸るもと狸たちの遠景を武蔵野いっぱいの、凄絶な美しさを持つ夜景で埋め尽くしてみせた。どう読んでみてもドスの効いた観客への問い返しである）、多和田は母親たちに、トイレのたびに三回めの鼻紙の湿りけを《妄想》させるのだから。

この差をもたらした要因を多和田はどのように設定したのだろうか。筆者の見るところ、これを多和田は日本人の特性と考えていたのではなかろうか。欧米人に比較すると日本人は孤立へのトレランスが低い。いや、朝鮮や中国や台湾の人々と比べても圧倒的に低い。中東、アフリカ、ポリネシアとの比較は言わずもがなである。世界でもまれな低さではなかろうか。この、孤立を避ける性向が古い社会の感性とひとつづきである。と、多和田がとらえていた気がしてならない。自身は南区に赴かずに子供たちを派遣しながら、何かといっては寄り集まりべたべたと噂話を増殖させせては北村先生の奇矯さの理由づけまでしてしまって受容に向かう団地の主婦たちの感性の底には、たしかに北村みちこをも含む《みんなおなじ》を指向する、そして〈安心〉しようとする孤立からの逃走が潜んでいる。多和田はこうした感性を批評など勿論抜きでひたすら表現したのであり、筆者にも批評の意図はないとこの際断わっておこう。日本の現在のカタチ、これを捉えることこそが肝要だ、という風に。

このキタムラ塾にある日、〈電報、届きましたか〉ととてつもなくレトロなことを言いながら（電話が各家庭になかった時代、昭和三十年代までの緊急連絡は電報だった）犬みたいな男が闖入してきて、北村みつこと暮しはじめる。いきなり現われて性交しようという初対面の女に〈お世話になります〉と言い、《駆け落ち》の現場を目撃された元上司に〈お世話になりました〉と言うような頓狂な礼儀正しさを持った青年で、犬的な身体性そのものの愛し方と嗅覚を持つ、整理整頓大好き男である。母親たちの一人折田さんが伝手となってやってきた、男の妻である良子からみつこが知らされたところによると男、飯沼太郎はものごとを素直に受け容れる質だが神経質な、薬品会社の一社員だった。彼は三年前に野犬の群れに襲われてどうやらこれをも《受け容れて》しまったらしい、人が変わったようになっていつか家に居着かなくなったという。太郎の祖母はこの時〈わるいモノに憑かれた〉となげいている。夜はゲイバーで男あそびをし、昼はみつこを相手にしているらしい。妻の良子自身は既に太郎への関心を失なっており、自分の方が太郎化（怪力化か?）すべく修行中だという。

その少し前に入塾した松原扶希子はいじめられっ子であり、みつこは同情から親切を心がけていたが、飯沼太郎の夜の相手、松原利夫の娘だと知ってからはとりわけの愛情を持つようになる。太郎との体のまじわりは彼の出自を知ってから止んでいる。作品の終盤で飯沼太郎と松原利夫は上野駅から旅行に出るところを折田夫妻に目撃され、北村みつこは書き置きを残して松原扶希子と出奔する。唐突な、途中経過説明のない民話的終劇である。

多和田作品の民話的枠組みについても、息の長い文体についても既に一度書いているので省略したい。一段落がほとんど一つか二つの文章で構成されるこの文章の呼吸は、「かかとを失くして」の遺産でもあり、同時に《昔話の語り》の息遣いを写し取っている。あとは飯沼太郎初登場時の〈この場合、本名では不適当かも知れませんが〉という名のり方がこの枠組みと同時に寓話性からの逸脱を宣言する巧妙な仕掛けなのだといった細部を一例挙げ、ここに至るまでの物語の展開が、噂でドライブされていく様、それも子供間の噂が噂を呼び、母親たちがこれを受けてさらに噂を増殖させていくような様が、一種口間伝承の成立過程を想起させ、これは犬婿入りの昔話を語ったキタムラ塾の子供たちが話の後半をどんどん改変していく挿話に照応していると、付け加えておこう。

太郎はいわば《犬婿》、旧世界からの使者として南北の媒介者たるみちこと彼女を巡る社会に浸入してきたわけである。越境者だったみつこの犬婿世界への参入によって彼女は扶希子を《発見》し、〈旅行に行きたいって、いつも言っているけれど、トランク詰めて、お手洗いの前に置いてあるだけで、全然、行かな〉かった松原利夫も〈旅行用トランクを持って〉太郎と旅立つことができた。太郎登場時の問い、〈電報、届きましたか〉が手段のレトロさに意味を擁していたのは先述したが、この時のみつこは未だ越境者の立場に留まっていたのだから目を点にして首を振るしかなかった。だからこそ、扶希子と〈ヨニゲ〉した最終地点のみつこが折田夫妻に連絡した手段が電報になった。それぞれが作品空間内での役割をまっとうして去った後には二つの世界を繋ぐ媒体がなくなり子供たちが〈南区に足を踏み入れることもほとんどなくなっていた〉という終わり方は周到で、勿論、種は蒔かれた後であり、北区の母親たちの内部には既に揺り動かされた近代以前が揺曳しているし、子供たちの内部にも犬婿世界のあやしさが根を下ろしてしまっている。多和田の見た、現代社会の深層の姿なのであろう。

（東京都立南葛飾高校教諭）

『アルファベットの傷口』——あるいはLost in Translation——

満谷マーガレット

"Lost in translation"といえば、"Poetry is what's lost in translation"（翻訳で失われるのは詩だ）という名言（迷言？）を残したアメリカの詩人ロバート・フロストを思い出す人が多いだろう。詩が言語の壁を越境しようとすると、こちら側に取り残される大事な部分こそ「詩」だ、というのはフロストの言い分だが、彼の絶望的な翻訳観は、詩とは詩人がコトバで作り上げる小宇宙のようなものだ、という前提で成り立っているだろう。つまり、詩の「主人」は詩人だ、というわけだ。しかし文学作品の「主人」は詩人、あるいは作家などではなくコトバたちだったとすればどうだろう。つまり、作家が言葉を使って作品を作っているつもりでいながらも逆にコトバによって使われていて、しかもそれに気づくのは翻訳家だけだったとすれば、どうなるのだろうか。

『アルファベットの傷口』の語り手は、文学作品の本当の「主人」はコトバたちだということをよく分かっている翻訳家である。彼女が翻訳したテキストでは、文章におとなしく収まっていたコトバたちが解き放たれて、勝手に踊りだす。例えば次のように。

産物、すべての、地を這うもの、逃げるもの、からだ、どんな前提も、取り決めも、分類も、守らない、からだ、過剰な、しかも、性の分化も、性の分担も、無視して、そのようなものは、からだ、滅びていく、

ここで〈からだ〉というコトバが三度繰り返されるが、それは理由付けの「…だからだ」なのか、それとも漢字

で「身体」と書くカラダなのか判然としない。守るべき〈前提〉や〈分類〉を守らない「からだから」滅びていく、ということかもしれない。文章の整列から逃げ出したコトバたちの踊りを通して、人間たちが作った秩序を守らない反抗的な生き物の悲しい運命が辛うじて伝わってくる。

この語り手は翻訳の仕事を抱えてわざわざカナリア諸島までやって来ているが、あるとき突然〈作者〉なる女性と一緒に島をさ迷い歩いている自分に気づく。しかし多くの作家や詩人と違って、この〈作者〉は自分の作品がどのように翻訳されているのか、全く気にしていないようだ。彼女は中年に達した女性だからか、自分の年齢ばかり気にしていて、翻訳家の存在すら気に止める余裕がないらしい。〈作者〉は最終的に語り手を見捨てることになるが、その前に彼女は不思議な変身を遂げる。〈わたしの顔には傷があるように見えますか〉と作者に問われた語り手は〈恐る恐る〉作者の顔に目をやるのだが〈そこには〈傷〉らしいものはまったく見えずそれどころか〈顔〉らしいものさえ見えずただ0の字の形をした空洞がみえるだけ〉なのである。

この瞬間、顔の傷を気にしていた一人の中年女性がアルファベットの0に変身してしまう。アルファベットの0は輪郭だけで中身のない文字だから穴にもトンネルにもなり得る。トンネルなら異質な言語への入り口になるかもしれない。語り手は〈作者〉を年上の魅力的な女性として憧れているようだが、翻訳家の彼女にとって〈作者〉はアルファベットの0に変身してもらった方が都合はいい。なぜなら、文学作品の本当の「主人」はコトバだということを悟った翻訳家にとって〈作者〉など必要がなく、異質な言語への入り口さえあれば充分だからだ。この作品の中では〈作者〉よりもアルファベットの0の方が重要な登場人物かもしれない。

というのは、アルファベットの0は先の引用に登場した悲しい運命を遂げるあの反抗的な生き物を指す単語の頭文字でもある。その言葉は〈犠牲者〉を意味するドイツ語のOpferで、それが指すのは語り手が翻訳しているドイツ語のテキスト、つまりAnne DudenのDer wunde Punkt des Alphabetsにおいて聖ゲオルクの〈犠牲者〉として登場するドラゴンである。『アルファベットの傷口』の冒頭近く、翻訳作業に取り掛かった語り手は〈Oの字に蝕まれて穴だらけ〉の白いページを前にして不安になっている。Oは〈行き止まりの壁〉に見えて、どうしても突き抜けることができない。しかし語り手はOの中を万年筆で黒く塗りつぶしてしまうと――つまり白い穴を黒いトンネルに変えると〈少しだけ気が楽に〉なる。このトンネルを通して彼女はコトバを〈向こう側へと渡す〉ことができる。つまり、これで翻訳が可能になった。この語り手にとって翻訳とはコトバの異質な手触りを味いながら、一つ一つ、注意深く〈向こう側へと渡す〉ことなのである。

トンネルは元来、山を貫通する「傷」だが、「書く」ことはそもそもやわらかい表面をとんがった道具で引掻いて「傷」を作ることだったらしい。日本語で「傷」は「創」でもあるわけだから、書くことが言語そのものに「傷」を「創る」ことなら、翻訳はその傷を異質な言語に刻み込むことになる。ドイツ語のwundeが日本語の「傷」に翻訳されたとき、そこに新しい可能性が「創」られた、といえるのではないだろうか。

『アルファベットの傷口』では「向こう側」へと渡っていくのはコトバだけではない。語り手が自分の翻訳しているテキストの中に迷い込んで出られなくなってしまう。そうなると“lost in translation”はロバート・フロストが予想もしなかった意味を帯びてくる。しかし語り手が翻訳テキストに「迷い込む」前に、テキストが彼女の体に侵入してくる。肌が痒くなり、小石が親指の爪の下に入り込み出血を起こす。まるで異質なコトバたちが彼女の身体に小さな「傷」を創っているようだ。あるいは、彼女が少しずつドラゴンの状態に近づいているかもしれない。ドラゴンはのどを聖ゲオルクの槍に刺された後、毛皮が引きはがれてしまうが、痒みに耐えかねてシャワーを浴びたとき、語り手は自分の肌が錆色に変色したことを発見してびっくりする。彼女はドラゴンになりたいわけではないが、残りの役は聖ゲオルクと、彼が救う姫様しかない。翻訳テキストでは聖ゲオルクは鎧の後ろで身を隠す臆病な殺人者であり、姫様は表向きに自分の〈救い主〉に感謝ばかりしていながらも、聖ゲオルクの次の〈犠牲者〉になるのは自分だということにうすうす感づいている哀れな少女。彼女を待っている〈洗礼〉は、ドラゴンの運命とたいして変わらない。

この紐で、彼女は、大蛇を、あるいは、大蛇は、彼女を、町へ、連れて行く、連れて行かれる、町では、一撃で、首をはねられる、そして、彼女は、洗礼を受ける……

どの翻訳者も永遠に傍観者でいられるわけではない。ドラゴン退治伝説が何百年にわたって繰り返し翻訳されてきたわけだが、結末はいつも同じ。ドラゴンを主人公にした語り手の翻訳テキストもその例外ではない。だからこの翻訳が完成されると、語り手はドラゴンを創造し、そして破滅へと導く翻訳家たちの長い列に加わることになるはずだが、さて、どうなるか、見てみることにしよう。

完成された翻訳原稿を手に、語り手は郵便局へと向かうが、その途中、少年、青年、そして成人男性と、さまざまな聖ゲオルクが彼女の前に現れる。この辺りから、徐々にあいまいになっていた語り手の島の生活と、彼女が翻訳している作品との間の境界線が完全に崩れてしまう。だが最後の聖ゲオルクから逃げながら、彼女は翻訳原稿を紛失してしまう。翻訳家が自分の翻訳した世界に舞い込んでしまえば原稿はもう必要がない、ということかもしれないが、その代わり、作品の世界から出られることもできなくなる。海を前に語り手が走り続けているところで、この小説は終わる。彼女はテキストに閉じ込められたまま、永遠に走り続けるだろう。しかしテキストの中が翻訳家の本当の居場所なら、私も語り手と一緒にいつまでも翻訳の中で「迷って」いよう。

（翻訳家・共立女子大学教授）

『文字移植』──世界を旅するテクスト── 松永美穂

不思議な作品である。スペイン領カナリア諸島に、日本人らしき女性がやってくる。彼女はここで観光するわけではなく、知人の別荘に一人で滞在しながら翻訳の仕事をするつもりでいる。原稿の締め切りはもう間近。しかし、バナナ園の見える別荘で過ごす時間は幻視や幻覚に彩られ、翻訳すべきテクストの主題となっている聖ゲオルクと竜の話が、現実のなかに混じりこんできて、彼女はさまざまな痛みの感覚に襲われるようになる。ようやく完成した翻訳を郵送しようと郵便局に向かうと、次から次へと邪魔者（＝増殖する聖ゲオルク！）が現れ、彼女の生活に干渉するドイツ人のゲオルクとごっちゃになって後を追ってくる。退治される竜のような立場になった彼女は、海に向かって逃げ、走り続ける……という結末。熱帯の風景のなか、キリスト教的な文化との対決を迫られるアジア女性のイメージが、読む者の想像力を掻きたてる。

この作品の大きなテーマは「翻訳」。（なにしろ、作品のなかで実際に翻訳が行われているのだ。）それと関連して、「異文化との出会い」も重要なテーマになっている。作品の冒頭は、いささか奇妙なテクストで始まっている。

において、約、九割、犠牲者の、ほとんど、いつも、地面に、横たわる者、としての、必死で持ち上げる、頭、見せ者にされて、である、攻撃の武器、あるいは、その先端、喉に刺さったまま、あるいは……

たくさんの読点で区切られた語句。その後に続くいわゆる「地の文」には、うってかわって読点がまったくない。作中で訳されているのは多和田とも親交のあるドイツの作家アンネ・ドゥーデンの"Der wunde Punkt des Alphabets"。このタイトルを訳すと「アルファベットの傷口」となり、多和田が当初作品につけていたタイトルはここから取られていたのだ、ということがわかる。アンネ・ドゥーデンは一九四二年生まれでロンドン在住。ドイツ語で執筆しながら他の言語圏で暮らす（あるいは、暮らしていた）作家はドイツ語文学では比較的多く、ツェラーン、バッハマン、ヨーンゾン、ゼーバルトなど、すぐに幾人も重要な作家たちの名前を挙げることができる。

〈わたしは万年筆をナイフでも構えるように持ち替えて窓の外に目をやった〉という、地の文の最初の一文から、語り手が〈わたし〉（つまり、一人称）であることと、万年筆で何か書いているらしい、ということがわかる。それが何かの翻訳だと判明するのは何ページか後になってから。訳しているのはたった二ページの〈小説〉らしいが、〈わたし〉は手こずり、仕事ははかどらない。

翻訳すべき〈小説〉のことを〈わたし〉は〈文字の群れ〉と呼ぶ。一つ一つが異物に感じられる文字の群れ。たとえば〈わたし〉は、〈犠牲者〉（ドイツ語の Opfer）という言葉がＯの字で始まっていることに注目する。すると、紙面がＯの字で穴だらけに見え、しかもその穴のなかが行き止まりの壁になっているような圧迫感に襲われてしまう。（Ｏの字に対する特別な思い入れは多和田の「ゴットハルト鉄道」にも見られて、そこではＯの字はトンネルの出入口にたとえられていた。）

「翻訳する」という動詞はドイツ語では übersetzen。「向こう岸に渡す」という意味から転じてできた言葉だ。（日本語だと、「翻して」「訳す」。「翻」の字に、原テクストへの反逆の可能性が秘められているように思うのは筆者だけだろうか？）「文字移植」では、「向こう岸」のイメージが、いろいろなところに散りばめられている。

少なくともわたしはひとつひとつの単語を注意深く向こう岸に投げているような手応えを感じていた。そのせいで全体がばらばらになっていくような気はしたけれども全体のことなど考えている余裕はなかった。翻訳というのが〈向こう岸に渡すこと〉なのだとすれば〈全体〉のことなんて忘れてこうやって作業を始めるのも悪くない。

〈彼〉という言葉は一人の男を指すとは限らず単に〈向こう岸〉といったような意味があったような気がしてきた。向こう岸としての生き物〈彼〉。

風景のなかにしばしば石が出てくる。水のない河で、〈わたし〉が懸命に投げる小石（ばらばらになった単語のメタファー、とも読める）は向こう岸に届かない。水性インクで書いた翻訳原稿も、いつのまにかずぶぬれの汚い紙片になってしまい、もう郵送することはできない。そう考えると、この作品が描いているのは「翻訳不可能性」ということなのではないか、と思えてくる。（そういえば、多和田の九十年代の作品には、挫折する通訳者や翻訳者がしばしば登場する。）

しかし、不可能なように見える翻訳から新しい可能性が生まれてくることもある。多和田はヘルダーリンという詩人がソフォクレスの「アンティゴネー」をギリシャ語からドイツ語に訳したテクストに大いに触発され、〈胸がどきどきした〉とエッセイのなかで書いている。ドイツ語としては風変わりなのだが、〈文章の中から立ち上がってくるものがある〉迫力に満ちたテクストなのだ。それは、「文字移植」のなかの翻訳テクストについても言えることかもしれない。ベンヤミンは「翻訳者の使命」というエッセイで、翻訳者は〈自国語を外国語によって拡大しなければならない〉と述べていたが、ここではまさに、翻訳を通じて日本語が変身しているように見える。「文字移植」の〈わたし〉は、ドゥーデンのテクストをドイツ語の語順にしたがって訳していく。言語にはもともとシンタックス（統語法）があって、動詞がどこに来るべきかなど、文の構成に関するルールが存在している。この作品では日本語のシンタックスを無視して訳しているので、ミステリアスな文章ができあがっていくわけだが（しかも読点が打たれないので、文がどこで終わるかもわからない！）、この翻訳の部分だけつなげてずっと読んでみると、どんなことが書かれているのか、意外によくわかる。ここではヨーロッパで絵画のモチーフとしてしばしば取り上げられている「聖ゲオルクの竜退治」のことが話題になっており、しかも特に「犠牲者」の竜に目を向けて、彼らが「異なっている」という理由だけで殺されてしまうことが告発されている。武装した（男の）人間、傷つき地面に横たわる竜。ときには解放されたお姫さまが描かれていることもある。こうして、男は英雄、女は保護されるもの、竜は排除されるもの、という役割が三者に固定されていくのだが、竜はほんとうに悪者なのだろうか？　むしろキリスト教の文化を輝かしくするために、悪者として演出され、排除されていったのではないだろうか？　と、ドゥーデンは問いかける。

絶えず相手をコントロールし、社会への適応を強いるドイツ人ゲオルクにも、聖ゲオルクのようなところがある。一方、「文字移植」の〈わたし〉はすでにドイツ語も習得し、ドイツに定住しながらも、その社会のなかで「他者」のまなざしを失わずに生活している。「あれかこれか」の二者択一を迫ることの多い西欧の文化のなかで、どちらにも属さない中間地帯もありうる、という提言としても理解できる。

規格化（＝グローバル化）されていく今日の世界のなかで、どう自分らしく生きるか。「文字移植」から読み取れるヒントは、支配的文化に易々と吸収されないこと、「他者」としての目を持ち続けること。そうしながら、いま居る場所に自分の文字（言葉・文学）を植えていく。すると新しい風景が、そこには生まれるだろう。それはとりもなおさず多和田自身が実行していることでもある。

（早稲田大学教授）

女は〈聖母〉にしかなれないのか──『聖女伝説』における〈暴力〉とは──疋田雅昭

『聖女伝説』とは、〈聖母〉になる運命を否定し自分自身が〈聖女〉になろうとした女の物語である。〈伝説〉といっても第三者に語り継がれたものではない。敬体口語による一人称の語りは、どの時点から発せれたものなのか検討がつかない。九歳の時点から十八歳（高校三年生）までの語りを統括する時点が見いだされぬまま最後は、コンクリートすれすれの三センチくらいのところで落下が止まり、文字通り〈宙に浮いたまま〉物語は終わる。〈聖女〉にはなれたのか……。経験が語りを生み出したのか、語りが経験を生み出したのか。我々に許されるのは、両者のドリフト（サピア）の関係のみを踏まえた空白の想像のみである。

だから、この様な物語をリアリズムの観点や合理的な語り論で分析しようなんて言うのは、むろんナンセンスな話である。にもかかわらず、この物語は、〈聖母〉になることを否定し、自分自身が〈聖女〉になろうとすることから生じる困難な戦いが、その〈性〉を根源とした〈聖〉をめぐる戦いであるという一点において、我々の現実社会としっかりと繋がり得るのである。

目は出入口だというのは間違いで、目は単なる入口で、何も外へ出すことができません。だから視覚の便秘とも言うべき状態が永続しているのです。

物語当初で、〈わたし〉は視覚の世界の徹底した受動性を否定的に語る。これは、眼科医である〈わたし〉の父が視覚への絶対的な信頼を置いているのと対照的である。〈始めに言葉ありき〉とは周知の様に旧約聖書の天地創造第一日であるが、聖書が神をめぐる言葉の世界であるように、神をめぐる『聖女伝説』も〈言葉〉が支配する世界である。鷲谷によって突然こけしに変化させられてしまった〈わたし〉は以下の様に語る。

わたしが、こけしであるとしたら、わたしはコケシという単語から生まれたからです。コケシという言葉があり、それが発光したために、色や形が生まれ、色は暗闇を犯し、形は空気を犯し、こけしが誕生したのです。それでも、こけしはコケシという言葉から別のものに成りきれたのではありません。こけしである私の源には、コケシという言葉があり続けます。子供を消して作った人形だから、こけしというのだそうです。消されたものがわたしの起源です。

〈聖母〉になることを否定することは、〈他人と血でつながれる〉ことを忌避することと無関係ではない。なぜならは、〈聖母〉になろうとすることは、〈神〉と血をつなげることだからだ。この物語では、繰り返し〈血のつながり〉に対しての忌避が語られる。しかし、ここで〈消されたもの〉とは、両親を含めたあらゆる他人との〈血の関係〉だけではない。それは、〈わたし〉自身の〈起源〉なのである。ここで、言語という象徴ネットワークに参入するには、〈わたし〉自身の〈起源〉を消去することが何よりも必須であるというラカンの精神分析を思い出してもよい。さらに言えば、現実の言語世界のネットワーク自体が、起源を失った差異の体系にすぎないのである。

『聖女伝説』という世界の中で言葉は、視覚の様に単なる受動的なものではない。

相手が先回りして、きっぱりと拒絶の言葉を吐くと、鷲谷は何も言えなくなってしまうのでした。わたしは、まだ頼まれもしないことに、はっきりと拒絶の意志を示したのでした。

鷲谷の前でもクラスメートの前にも言葉こそ自分自身を守る唯一にして最大の武器なのである。この物語がある種の聖戦であるとしたら、それは言葉の覇権をめぐる争いであると言ってよい。そして、当然この世界では、事象が前もって存在しそこに言葉が与えられてゆくという素朴な言語名称目録観は拒絶されている。言葉があることが存在の唯一にして最大の理由なのであり、言葉の持つ響きの連想が世界を構築しているのである。ここでも、またシニファンこそが先にあるのだと言うラカンのテーゼを思い出してもよい。つまり、言葉が言葉を、意味を、世界を生み出しているのである。

前述した様に〈聖母〉になることを拒絶することと、〈聖女〉になりたがることとは、この物語では、表裏一体の関係である。だから、〈女〉の子から語られるこの物語には、男たちへの性的な忌避が低調和音として響いている。これをある程度作家自身の成長期における経験と重ねて読み得るという言説もあるが、そうした読みはこの物語のもつ射程を狭めるだけでしかない。

物語の最初に語られるクリスマスという神降誕の背景に〈性〉の存在を感じる〈わたし〉の特殊な感性は、クラスの男の子たちへの嫌悪や、生理という身体的変化への嫌悪と言った多くの少女が有する経験に通じてゆくことにより普遍化されてゆくが、これらを通底しているのは、否応なしにある〈性〉を引き受けさせられる人間の叫びであることを読み落としてはならない。そういった根元的な叫びが『聖女伝説』においては、〈聖母〉という運命を否定することに由来する受難の物語、さらには〈暴力〉を巡る物語として変奏されているのである。

いつかこの人を襲った暴力があって、それが今この人を通して、わたしに遅いかかろうとしているのだと思い、逃げようとしたのですが、そのあやふやな哀願とも強制ともつかない指の動きがわたしを逃がさないのでした。

この新興宗教に感じたある種の〈暴力〉が、次には〈暴力を受けた者たちの団体〉からの〈暴力〉として〈わたし〉の身にふりかかることになる。〈暴力の洗礼を受けた者〉であることを否定し切れない〈わたし〉は、〈言葉の中で逃げ始めてしま〉うことになる。唯一の手段であった言葉で身を守れなくなった瞬間である。以後言葉の覇権を握られた〈わたし〉は、この団体に徐々に追いつめられてゆく。

むろん、逃走の最中高等学校における身体検査という幻想が折り重なってゆく展開は、その〈暴力〉も〈性〉と無関係ではないことを示している。しかし、多くの女性文学の論がそうである様に、〈性〉の問題に囚われて、この物語の射程を狭めてはならない。宗教団体の追及を逃れ窓から飛び降り落下する最中、そこで思い出される母親と断絶した少女たちについての記憶は、この〈暴力〉の持つより大きな射程を示しているし、落下中次々とたち現れる自己表象は、現実が言葉になったとも、言葉が現実になったのだと言い難いこの物語の世界観をよく示している。

『聖女伝説』という物語は「批評空間」というトポスに連載されたのである。この物語を未来へ照射するには、言葉と現実の間にある二項対立やリアリズム的契約を破棄し、言葉から生まれた物語の現実を受け入れ、その現実を再び新たな言葉として我々の現実へと投げかけてゆく……。こうした批評的営為が必要なのである。

（立教大学大学院研究生）

「ゴットハルト鉄道」──ユーモアと一途さと──

竹内栄美子

　ゴットハルト鉄道に乗ることになったのは、忙しくて取材に行けない在独日本人作家に代わって、替え玉取材にやってきた日本人女性だ。三十歳でドイツのキールに住んでいる。彼女はこれまで〈人の修士論文を書いてやったり、匿名でポルノ小説を書いたり、モスクワにドイツ製のぬいぐるみのように見える荷物を届けたり、純血種の犬を休暇中あずかったり、貸しビデオをコピーしたりして、詐欺すれすれのパンを食べてきた〉という。まともに働くという言葉の響きを〈錆びたハサミのように危なく感じられる〉というのである。職業という言葉に対しては〈表面は硬くざらざらして〉〈中味には毒物が混ぜてある〉とも感じている。社会的な分業を引き受けて、その役割をまっとうすることに疑問を持っているようだ。職業を持つこと、まともな職につくことは、社会におけるひとつの領分を占有しその安定につとめることだろう。しかし、彼女はまともな職につかないで、職と職とのあわいのような、境界の場所に生きている。確かな場所を領有しないで境界に生きる彼女は、ゴットハルト鉄道に乗ることを楽しみにしている。

　ゴットハルトは、聖ゴットハルトとも呼ばれている山のことだ。ゴットは神、ハルトは硬いという意味である。この山は、通常、サン・ゴタール（St.Gotthard）峠と言われている。十三世紀、このサン・ゴタール峠が開通したことで、南北のヨーロッパが行き来できるようになった。それまでは、アルプスを遠回りして行くしかなかったのだが、サン・ゴタール峠は南北ヨーロッパを結ぶ重要な場所として位置づけられるようになる。トンネルはゲッシェネンとアイロロを結んで十九世紀後半に建設された。全長十五キロという長さである。まだトンネルのないころ、イタリアに憧れたゲーテが辿ったのは、サン・ゴタール峠ではなくてもっと東のブレンナー峠だった。ドイツの人たちは雪のアルプスの峠を越えて、光と芸術の国イタリアに出かけて行った。

ゴットハルト鉄道に乗ることを期待する彼女は、どうやら変わった人物らしい。キール大学で文学を教えている恋人のライナーは、楽しみにしているという彼女に対して〈可哀そうに。そんな長くて暗いトンネルに君を押し込めてしまうとはね、スイス人もひどいことをするものだ〉と気の毒そうな口振りである。彼女は思い出す。〈北ドイツの知識階級に所属したいと思ったら、イタリアの光に憧れなければいけないのです。山やトンネルの中に入ったまま出て来なくなるような意識を持っていては、理解されない〉。ゲーテのように光の国イタリアに行きたがるドイツ人インテリとも違う、清純なユングフラウに行きたがる日本人観光客とも違う、この彼女の位置はどんな安定した場所からも縁遠い。それは、まともな職につかないという生き方にも通じていて、本人が選び取った意志的な位置である。ライナーの心配をよそに、彼女は、ゴットハルト鉄道の運転を四十年続けて定年退職した、白樺のような老人ベルクと、スイス人以外は誰も知らない小説家モッシェリンの書いたゴットハルトトンネルについての歴史小説とをガイドにして取材に出かける。

ゲーテは『イタリア紀行』の扉に、フランス古典主義の画家プッサンの絵「アルカディアの牧人」で知られている〈われもまたアルカディアに！〉という言葉を添えている。アルカディアはもとはギリシャの地名だが、牧歌的な楽園を意味し、ゲーテあるいは北ドイツの知識人にとってはイタリアがその地だった。しかし、彼女はイタリアに行きたくはない。どうやらゲーテもそれほど好きではないらしい。ゲーテと並び称されるシラーも嫌いらしい。〈シラーの本なんて全部シーツにくるんでバルト海に沈めてしまえばいいのよ〉と言う。ゲーテとシラーに対する嫌悪は、文豪、エスタブリッシュメントへの嫌悪というような単純なものではない。それは、もっと深く激しいもので、彼女自身の生き方や人間の理解の仕方に関わっている。ベルク氏の解説によれば、列車に乗ってしばらく行くとそのあたりは、ウィルヘルム・テルの伝説の土地だった。ウィルヘルム・テルは、ハプスブルク家の代官に、息子の頭に林檎をのせて射落とすように命令される。うまく射落とすことができたものの、本当はウィルヘルム・テルは自分の息子を殺したかったに違いないと彼女は思う。林檎は快楽の果物として性交に通じ、性交か息子かどちらをとるかという難問だったと考えるのだ。人間の根源的で荒々しい欲望を、のっぺりとしたこぎれいな話にまとめあげたシラーへの彼女の憎悪は深い。人間はそんなにあっさりときれいに語れるものではない。簡単に片づけることのできない感情や心理を抱えている存在だということを知っているから、彼女は光のないゴットハルトの内部に惹かれるのだろう。

イタリアへの旅によって芸術を深化させたゲーテに対しても、シラー同様、冷淡なようである。それは、ゲーテのアルカディアが〈粗大ゴミのようにかさばって重たいアコガレを背負って〉と言われていたように、現実の生活やさまざまな欲望とは切り離された観念上の美にすぎないものだったことによっているのだろう。何よりもゲーテには旅が終われば帰っていく場所があった。境界にいる彼女はそうではない。ゴットハルトそのものがドイツとイタリアを結ぶ境界にあるのだから、彼女がここに魅了されるのは当然で、四十歳になったら教授職につこうとするライナーには理解できないことだったに違いない。

それにしても、ゴットハルトに魅了され詐欺まがいの取材をするこの女性には、突拍子もないところがある。〈頭を雲の上に出し四方の山を見下ろして雷さまを下に聞く富士は日本一の山〉という富士山の歌を思い出そうとするが、それは〈頭を雲の上に出しキングコングがやってくる〉と、出だしの文句が同じだからということでキングコングの歌になってしまう。トンネルの出口のアイロロという地名からは、AIROLO、LAVORGO、GIORNICO、BODIO、COMO、LOCARNOと、トンネルの出口の穴のように、地名に組み込まれたアルファベットのOの文字が浮上してくる。言葉を発し言葉を眺めていると、こちらが操っているはずの言葉そのものが動きだすという具合だ。論理や主観の強さでその動きをねじ伏せてしまわずに、自由に言葉を遊ばせているふうがある。川村湊が〈多和田葉子の小説は、どこかユーモラスだ。それは言葉遊びということでもあり、それがシュールレアリスティックなイメージをどんどん膨らませてゆくからだ。〉〈カフカのドイツ語的な晦渋さと、カルヴィーノのイタリア語的な軽妙さ。『ゴットハルト鉄道』は、そうしたドイツとイタリアとの間の、空白の内部としてのスイスを通り抜ける。〉（「解説」『戦後短篇小説再発見14　自然と人間』講談社文芸文庫）と述べているように、言葉それ自体の面白さと躍動感をこの作品からも受け取ることができる。

そのユーモアを踏まえたうえで、述べてきたように、この小説の主人公が意志的にあわいの位置を選び取って生きていること、人間の捉え方があっさりとしたこぎれいなものでないこと、などは留意されねばならない。それは、彼女がきわめて倫理的な生き方を自分に課しているということだからだ。彼女は、自分で自分を引き受けて生きている。相手の瞳に傷がつくのを見て〈心をナイフにしてでも、言わなければならないことがある〉と彼女は思う。そして、ゲッシェネンの町で夜の散歩をしながら、確かにトンネルに入ったのに自分はゴットハルトのお腹に入ったのかと自問し〈入らなかったに違いない〉と考える。あまりに暗いトンネルの闇の入口は、容易に人を寄せつけないものなのだった。闇は彼女の心に通じている。安定した場所を領有しない、倫理的で一途な生き方は、ユーモアに彩られつつも暗い闇に通じていた。この闇は、ライナーなどには分かるまい。

（千葉工業大学教授）

「無精卵」――行方不明の〈幽霊〉をめぐって――安藤恭子

名付ける／名付けられる〈場〉

「無精卵」（「群像」95・1）に登場する「女」は、〈少女時代は毎日新しい言葉を作って、頭の中でものを考える時には、そんな言葉ばかり使っていた。人と話す時にも、そんな言葉を少し使った。それが、人に笑われたり子供扱いされるのが嫌なばっかりに、いつの間にか、言葉を作るのも止めてしまった〉（『ゴットハルト鉄道』96、講談社より引用）と言う。しかし、「女」は樹木を〈電信塔〉と呼び、庭園を〈四角い土地〉と呼ぶ。税金対策のための「作家の家」には「男」の他にもう一人作家が必要だというので紹介された「女」は、「男」が事故にあって死んだ後も「作家の家」に住み続け、文字による作品の創作を続けている。外界と活発な交渉があるわけでもなく、作品が完成し売られることもない「女」は、書き綴った紙を読み返しもせずファイルし続ける。こうした「女」の言葉の営みについて、蓮見重彦は、〈いたるところで現実を密閉してまわる言葉のすりかえ〉としての「文学主義」とは異なるものとし、〈もっぱら言葉の現実にかかわる問題〉と評価した（「文芸時評「戦後五〇年」と「文学主義」」96・12・26、「朝日新聞」夕刊より引用）。

たしかに、「女」は自らの身体をネットワークの一つの結節点として、たえず変更され組み換わる〈場〉を言葉の問題としてとらえ続ける。次に挙げるのは、「女」の家に住みついた「少女」との生活の一場面である。

少女が火を通したものを口にするのを見るのは、初めの日以来だった。また吐き出すかと思っていると、少女はまるで毎日スープを飲んでいるように平気で飲んだ。女はだまされたような気がして、〈スープ〉という言葉を使うのもやめてしまった。

「女」の家のラジオからは、戦地からの報告として死者の数が連日伝えられている。その戦地と関係があるかのように語られる「少女」が「女」の家に住みつくのだが、その「少女」と「スープ」と「女」との関係が組み換わることで、言葉が一つ「女」のネットワークから消えていくのである。

「女」の言葉の営みは、〈人に笑われ〉という「人」の言葉、すなわち、蓮見の言う〈現実を密閉する〉文学主義と対置されることで、いっそう鮮明になる。結婚の経験がないにもかかわらず、「男」の義姉は「結婚」を定義づけて勧め、「男」との性的関係を「女」に迫り、二度中絶経験のある「女」を〈不妊の石〉と呼んだ。「健康」「管理」「点検」という言葉を「女」に投げかける義姉は、自身の言葉に絡み取れない「女」を理解できず、〈名付けることができないので、妬みが屈折し、その結果、管理という冷たい虐待〉をする。異物を排除することで、自らの世界を固定的に安定させようとする義姉は、まさに「女」という「現実」を密閉する文学主義者なのである。文学主義と常に緊張関係を強いられる「女」の言葉は、夢や幻想という呼び名で固定されるものではなく、密閉される「現実」そのものでありながら、その「現実」にあらたな呼び名を与えて血を通わせる運動でもある。

小説のタイトルである「無精卵」も、子を孕みながら中絶し、今は性的関係を持たぬ「女」を、また、完成も出版もされない「女」の書く行為を、義姉という文学主義者の側から呼びなした強迫的な言葉と言える。しかし、その強迫的な言葉こそ、「文学」の側の一つの戦略とも成り得ることが、次第に語られていくのである。

神話化される〈少女〉　丘の上の大邸宅を、「女」は〈兜〉と呼んだ。その〈兜〉には、国から文化勲章を受けた学者が住んでいる。人相学の著作をものするこの学者は、教育を受けること、自分を否定して偉大なものを崇拝することが肝要であると語り、否定すべき小さいものを〈少女〉と呼んだ。

「内なる少女を殺す」——この命題は、学者の著書をたくさん買い込んでいた「男」に伝達されていた。学者の本を所蔵する書斎で裸になった「男」が、「兜」を被り性器を勃起させているのを「女」は目撃するのだが、その学者の本に挟まれていた紙には、「男」の字で「内なる少女を殺すこと」と記されていた。実際「男」は「女」が言葉で創作することを嫌って〈少女くさいことを書いているのだろう〉と責め、〈少女〉を殺すことができなければ自分は「先生」に死刑にされるとも語っていた。権威としての強者である学者の言葉は強迫観念として「男」に伝達され、小さいもの、弱いものとしての〈少女〉は、文学主義的表象の完成形態として神話化されたのである。

〈兜〉に住む人相学者から、書斎で「兜」を被り性器を勃起させていた「男」への、ファロゴセントリズムの表象とも言える〈少女神話〉の伝達。しかし、「女」を抑圧しきれぬまま、誰とも分からないものからの期待、偉大な仕事への渇望に憑かれた「男」は、次第に生気を失い、事故であっさり死んでしまう。「女」は、〈少女が弱いというのが、滑稽にしか聞こえなかった。身体の大きさで言えば、少女は小さく、一階の男は大きかった。少なくとも大きいものを目指していた。その男はあっけなく死んでしまった。それに対して少女は自分たちよりも強く生き延びるだろう〉と言う。

〈少女神話〉の欺瞞を暴く、その「少女」の来訪は、「男」—「男」間の伝達をも相対化することになるのである。

郵便的／幽霊的　〈兜〉に住む学者—「兜」を被る「男」の間の、伝達における挫折の物語は、「女」—「少女」の間の伝達の物語として反復されるのだろうか。

たしかに、「女」と「少女」は、〈兜〉ではなく、〈黄色い帽子〉という共通項をもっている。「女」は子供の頃、継母に買ってもらった〈黄色い帽子〉を川でなくしたのだが、「少女」が登場の際に被っていたのも〈黄色い帽子〉だった。〈卵の黄身の色の帽子は孵化するのだろうか〉と書き付ける「女」は、「少女」の登場によって妊娠の感覚を呼び起こされ、また、「少女」から受ける暴力的虐待からでさえ、自らの少女時代における継母との関わりという記憶を呼び起こす。一方、「少女」は、言葉の意味を解しないまま、「女」の言葉を口伝えで反復し、「女」の書いたファイルの文字も書き写し、模写した紙を自分専用のファイルに蓄え始める。

しかし、言葉や暴力行為によって関わりあう「女」と「少女」との間には、伝達ではなく、〈伝達不可能性〉が刻印されていく。「女」の口から出た言葉をそのまま繰り返した「少女」の〈ごめんなさいね〉という声に、「女」は頬を火照らせる。〈テープに録音された自分の声を聞くような感じだった。時間をずらして再生されたその声は抑揚がそっくりなだけに、自分で自分の言っていることが分かっていないような印象を与えた〉とあるように、「女」の言葉は「少女」の声と重なりながらずれ、そのずれが「女」という存在の自己同一性を揺るがせている。これは、「少女」のファイルについても、「女」の言葉が写されながらずれていく可能性があることを示している。〈反復可能性〉とは、すなわち、ずれを生じ、〈他者〉を内在させていく可能性でもあるのである。また、「少女」からの虐待の後、この虐待が「少女」の受けた暴力の反復ではないかとしながら、〈その体験は、女に伝達されただけではなかった。それは、女の身体の中にまるごと移動してきた。……不浄な苦しみは女の身体の中に移り住んでしまい、少女は洗浄された〉と語られる「女」には、不動の情報を一対一対応で増殖させていく（させていくと夢想される）伝達とは異なった、存在の組み換え、ネットワークの変更が描かれていると言えるだろう。

ここで、「少女」は「幽霊」ではないか、と語られていることに着目すべきであろう。「少女」が自分以外の人である目には映らないのではないかと常に「女」は危惧しており、その危惧と符合するような手紙が小学校の同級生である「占い屋」から届けられる。その手紙には、爆撃で破壊された国境の向こうの村は小学校の下流にあること、小学校の子供たちのかなえられなかった願いや言い忘れた言葉が下流に流れていき、国境を越えてさらに貧しい村の子供たちに拾われるという言い伝えがあること、さらに、「少女」はその村の子供の一人かもしれないが、村は全滅しているので「少女」は幽霊であるに違いないということが記されていたのである。

国境を越えた貧しい村の全滅――思えば、この小説には常に〈死者〉が潜在していた。「女」の家のラジオからは、戦地における〈死者〉の数が連日流れていた。その戦地こそ「少女」の村であり、〈死者〉たちは即物的な数に封じ込まれたかに見えて、実は「幽霊」となって世界に潜伏していた、そして、「幽霊」である「少女」が「女」のもとに到来したというのである。

こうした「幽霊」について考えるとき、ジャック・デリタの「郵便」「幽霊」に関する言説は有効であろう。「幽霊」とは……すべてのシニフィアンに必然的に取り憑く確率的誤配可能性、誤配されるであろう可能性（約束）と誤配されたかもしれない可能性（デット・ストック）の組み合わせに他ならない。

これは、東浩紀によるデリタ論（『存在論的、郵便的　ジャック・デリタについて』新潮社、98）だが、「無精卵」における「女」の言葉の行方をめぐって、きわめて示唆的である。毎日定時に郵便配達人を待ち受けていた「男」は、誤配可能性を認識しない強迫的な伝達の信仰者であった。それに対して、当局の情報収集とその解読（誤読）の結果、〈少女誘拐虐待犯〉として逮捕された「女」の言葉は、「少女」のファイルの中で〈デット・ストック〉となり、「少女」とともに行方不明となる。〈……伝達は必然的に純粋のものではありえない。エクリチュールは発信者（現前的主体）の統御を定義上逃れるものであり、行方不明になる危険につねに曝されている〉（同前）のである。そして、その行方不明の「幽霊」は、誤配の可能性であるとともに、いつか配達されるかもしれない可能性でもある郵便空間を浮遊する。「幽霊」は、いつ、どこで再来する／しないか分からない。「少女」が突然「女」の家に訪れたように。「少女」によって「女」の記憶が蘇ったように。そして、そもそも「女」が少女時代に川へ流したかもしれない言葉を、「少女」が拾っていたかもしれないように（〈黄色い帽子〉の再来！）。こうして、「女」の言葉は世界に潜在し続け、存在という可能性を逆説的に獲得する。

このとき「無精卵」は、あるはずのない伝達の完全性が仮託された血の経路を絶つ、新たな存在の可能性の謂いともなるであろう。

（大妻女子大学短期大学部助教授）

「隅田川の皺男」小論
——場所と記憶——

今村忠純

思いがけずも人商人《ひとあきんど》に連れ去られたわが子梅若丸をたずねて迷い行き、はるばる都の北白河から東国に下った母親は、とうとう「物狂」となってしまった。〈人の親の心は闇にあらねども子を思ふ道にまどひぬるかな〉。親は子ゆえに迷うということが、いまこそわが身に思い知らされることである、そして東国のはてという武蔵の国と下総の国の境にある隅田川にまでいたりついた、と『隅田川』はそこから始まっている。

この能の『隅田川』にはよく知られているように『伊勢物語』の「業平東下り」が引用されている。『忠度』のように原則としてはワキが「道行」を行い、シテが「道行」であることも少なくはない。『隅田川』がそれにあたる。この『隅田川』にかぎらないのだが、能（謡曲）は、おびただしい（詞章の）引用によってつくられており、その一つ一つの詞章にうめこまれている物語が召喚される、それらがいわば詩的映像として具体的な状況と照合される仕掛けになっている。観能とは、これらの詞章の表わしているさまざまな意味を「身体」で知覚し、時間と空間の関係を解読することにほかならない。

「文明」が出現してこのかた、人間は時間と空間にとりつかれ、それがどのようなかたちの思惟であれ、人間の関心事の中心になっていった。「道行」という時間の速度はたちまちそこに「隅田川」の地理空間をさぐりあててしまう。『隅田川』に引用されている時間と空間の「歴史」がただそこに見えているのではなかった。作品に引用されている旧いテクストを完全にけすことはできない。旧いテクストのうえに書きつけられた新しいテクストが旧いテクストを更新する。

能（謡曲）とはそのようにいくつもの物語がジャンプし、時間と空間とが重層化されたテクストの別言である。

＊

地上六百メートル級の「新東京タワー」の建設に向けての（NHKと在京五社の）プロジェクトが、その建設予定地候補を墨田区にしぼりこんだ。業平橋駅ちかく、押上駅前がその候補地となった、と二〇〇五年三月二十九日付の（かつて「都新聞」といっていた）「東京新聞」（1、27、30面）が伝えていた。

二〇一一年の地上デジタル放送の完全移行をめざしての電波塔の機能ばかりではない、新東京の観光名所としての集客力の見込まれることも重視してのことという。タワーの事業主体となるのは（建設候補地の多くを所有する）東武鉄道である。竹の塚駅踏切事故を受けて本社ロビーに置いてあった新タワーの模型が倉庫にしまいこまれた。事故調査をすすめているさなかにおおっぴらに新東京タワー建設にうかれてはいられないというのだ。

隅田川を境にして隣接する世界的観光地浅草と一体の観光エリアマップをつくるためには、どうしても台東区との連携・協力がこれからの課題となる。新タワー誘致の準備会を組織し運動を推進してきた台東区商店街連合会、足立区もまた新タワー誘致を呼びかけていた──。地上デジタル放送の電波塔は、スミダクの時間と空間にもう一つの新しい物語をつくる。

『隅田川の皺男』は、マユコが隅田川にかけられた吾妻橋という「橋がかり」を急ぎ足で渡って行くところから始まっている。橋がかりの装置は、たちまち時間と空間をこえて新しい物語をつくる。マユコは「こちら側」のタイトウクから未知の場所である「向う側」のスミダクに渡って行く。

スリランカにもスイスにも行ったことのあるマユコだが、スミダクに来るのは初めてで、しかも初めてだということが改めて考えてみるまでもなくはっきり分かっていた。

なぜスミダクなのか。町の表面がすべすべしてしまっている、どこもかしこも均質化してうすっぺらになってしまった東京の町という町、マユコはそこから橋の「向う側」の町の皺の間にもぐりこむようにして東京を歩きたいと思うのだ。マユコはその町の路地から路地の角をまがり、細い道をさらに細い方へ細い方へと歩いていく。

こうしてマユコ（シテ）の「道行」が始まり、やがてマユコの知らない別の「時代」がそこに姿を現すのだ。「都鳥」という看板をかかげたその建物の角には、オートバイが何台か並び、それにもたれるようにしてほっそりした少年たちがたたずんでいる。ウメワカはその「少年たち」のうちの一人だった。自分の目の前に突き出されたウメワカの繊細な人差指と形のよい親指をにぎりかえしたマユコは、ウメワカを「カフェスミダ」にさそう。

加速的に進化をとげた人間社会の現実につきまとっているねじれに対してのおぞましさとうとましさ、そしていかがわしさ。マユコがコンピューター会社をやめてしまったのはそのためであり、二浪生のウメワカが予備校の友人にさそわれてこの町に来るようになったのもまたそのためであった。問われている問題よりも、社会は必ず遅れている。それが人間化ということなのだ。

イデオロギーや科学、宗教が社会にもちこまれる、そこにつくりだされる倫理観念は反生物学的人間像である。別にいえばそれは合理的規範意識に支えられているのにほかならない。

マユコの行くレーザー光線の生み出す花のある「植物園」も暦や時間割によって管理されている。調整されたリズムが「自然」のリズムを損壊する。社会化した人間は時間と空間に服従する。マユコは路地から路地へと細い迷い道にはいりこんでいった。そこは碁盤目模様の都市の道路ではない。〈細い路地で道に迷ってしまったに違いないと思いながら、マユコはウメワカと手をつなぎ、わざと歩調を狂わせて歩いた。ウメワカはしかし、つまずく気配もみせず軽快に歩いた。この日、ふたりはもう、つまずかなかった〉。

東京の町と話がしたい、東京という町の顔があの老人の顔だったみたい、とマユコはウメワカにいっていた。「皺男」とは、カフェスミダでけたたましい音をたてて床に杖を倒したその老人のことであった。ウメワカがかりに「皺男」と名づけたその老人は、表情が分からないほどに深い皺におおわれた顔をもつ。

マユコは、これまでは、地区、場所、町を意識して暮らしたことがなく、いつも人間だけを見てきた。あの辺は誰が住んでいたとか、あそこで誰と待ち合わせたということでしか場所に意味を持たせることができず、どの土地も人間の姿に被い包まれていた。しかし人に会うことがなくなり仕事にも行かなくなってからは、人間の顔が次々消えていき、代わりに土地が浮かび上がってきた。

深い皺におおわれた老人の、その皺の一つ一つに土地の記憶が刻まれている。マユコは〈その老人が町の皺の中から現れてきた霊のように思え、思わず頭をさげたくなったのだった〉。

巨大な保育器のようなガラスケースの中に入ったコンクリートの小さな寺、梅若丸がほうむられたという木母寺のそのガラスケースの上空には、高速道路とよばれるずんぐりした橋がかかっている。もう一つの橋がかりの装置だ。

そこにある木母寺は、「文明」化された社会の観光スポットのそらぞらしさにほかならない。

こうして『隅田川の皺男』は、能の『隅田川』の時間と空間を引用し、そこに宿る場所の記憶を蘇生させていく。『隅田川の皺男』が多和田葉子による多和田葉子のための『濹東綺譚』であったということも付言しておこうとおもう。マユコは〈もう隅田川を渡る理由がなくなってしまった〉。

（大妻女子大学教授）

「たぶららさ」——福田淳子

「たぶららさ」を収録する短篇連作集『きつね月』（新書館、98・2）の「あとがき」で、多和田は次のように書いている。

きつねというのは、来て寝るから「来つ寝」というらしい。眠っている間にこっそり狐がやって来て、寝床にもぐり込んでくる。心にもぐり込んでくる。その狐に憑かれた時の、または、ものに憑かれたような状態について書きたいと思った。

寓話的・民話的発想を好む多和田のことであるから、〝きつねつき〟とあれば〝きつね憑き〟だろうとは思うが、〈来つ寝〉の発想には不意を突かれる。そして〈眠っている間〉の〈憑かれたような状態〉という非日常的な厄介な状況を提示された読者側は、狐につままれたような状態になる。小原眞紀子はこの作品集を〈「文学」にしかあり得ない〉〈見事なまでに「不快」〉なテキストだと評した（「図書新聞」98・4・18）。しかし、この方法によって作家は自由な発想の世界を獲得している。その意味では、読者は作家のより純粋な創作世界を覗き見ていることにもなる。中でも〈わたし〉が眠った状態で物語る「たぶららさ」は、重要な位置を占める作品である。

アルノルト・シェーンベルクの曲に『月に憑かれたピエロ』という作品がある。シュールレアリズムの詩人アルベール・ジローの詩二一篇に、朗読用に作曲されたものである。発想にも関連性を見出せようが、ここで引き合いに出したいのはむしろ作曲者シェーンベルクの芸術活動そのものである。彼は、伝統的な音楽を敬いつつも調性音楽に限界を感じて無調音楽に向かい、一二音技法を発見するに至る。『月に憑かれたピエロ』はその無調音楽を代表する曲の一つであり、この曲で〝シュプレッヒゲザング（Sprechgesang）〟（朗唱）という新しい歌唱法を開拓する。これは、語りと歌の中間の発声であり、言葉も音楽も互いに主張しすぎることを避け、言葉の抑揚を忠実に音楽に反映させようとしたものである。歌でも朗読でもない、言葉と音楽のそれぞれの持ち味を最大限に生かした芸術なのである。また、音楽を総合芸術と捉えていた彼は、オペラの作詞作曲に取り組み、さらに舞台演出のスケッチをきっかけに絵画表現にものめり込んだ。音楽の知識や技術が先行することで表現の欲求が損なわれることを嫌った彼は、あくまでも自由な空想力の表出を目指し、独自の新しい表現を追究し続けた。

「たぶららさ」は、そのような表現者の試行錯誤の状態と、表現媒体である〝文字〟と〝音声〟とのせめぎ合いを、言葉と音楽をモチーフにして表現しようとした作品だ。〝眠った状態〟で、現実には到達不可能な世界の奥へ奥へと入り込んでいく。〈わたし〉が語る一六の短いパラグラフの連なりの中で、読者は次々と開示されるその世界を覗き見ている状態だ。「たぶららさ」に明確なストーリーを探すことは困難だが、動きも視線も定まらずに浮遊するような夢の世界の連想は、〝シュプレッヒゲザング〟を聞くような、奇妙な心地良さがある。

冒頭で、〈わたし〉の〈眠り〉について、自分の意思ではどうにもならない〈夢〉の中には〈わたし〉の〈言葉〉は存在せず、意味のない文字を消し続けなければならない状況であることが定義される。その〈わたし〉が夢の中で聞く音は非常に曖昧なものだ。甲高い叫びを聞いたかと思うと、その叫びは二つの声がぶつかりあって生まれる音だし、それは楽器だった。加えて、自分自身の行動も不確実なものだ。寝室を飛び出して裏庭に出たかと思うと、ベッドにいる。再び裏庭に出たはずなのに、またベッドにいる。それから裏庭を横切り、向かいの家の窓に動く影を見つめるが、何だかよく分からない。それはまた別の楽器だった。

音を発するもの、音を吸いこむもの等、音に関係するものが様々な楽器に譬えられていく。しかしその楽器は、形の明確な〝楽器〟として認識できるものではない。多様なイメージによって表現されるこれらの音や楽器は、メッセージを伝える役割を担わされている。

たとえば、〈ふたつの声がぶつかりあって生まれる音〉。〝言葉〟〝音〟というのは何の関わりもない人間同士の間で発せられていくものだ。それは魅力も美しさも意味もなく、毒を含んだものかもしれない。それでも聞き入れなければならない。しかし、弦の背後に〈音を吸い込む響孔〉があってその裏に音を〈飲み込む口〉がある楽器は、どんな音でも吸い込んでくれるのだ。

また〈猫の耳の形〉をした楽器は、どんな小さな音にも反応するが、音を捕まえようとはしない。〈愛〉によって〈拘束〉される音を自由に通過させて、人間の手の届かない空間へと解放するのだ。〈音〉は〝言葉〟と同義だろう。過剰な執着や思い込みは表現の可能性を狭めることになる。流れるような自由を与えるべきなのだ。

そして〈擦る弦と擦られる弦の間の区別がつかない楽器〉は、楽器の形すら固定されていない楽器だ。楽器の形も何もないところから発せられる本質的な音楽は、身体の支えを失うくらい聞き手を虜にしてしまう。〈挨拶〉や〈四季〉の例を挙げながら、固定観念に縛られることの危険性と自由であることの重要性を表現していく。

ここで〈わたし〉は一つの疑問を提示する。〈わたしは、どちらをより強く憎んでいるのだろう。言語だろうか、それとも音楽だろうか〉。ここに登場するのは〈眠っている時にしか奏でることのできない楽器〉で、これは〈うるさいほどの鼾をかかなければ奏でられない〉ものだ。つまり、鼾は何事にも制御されずに無意識に発せられる音なので、秘められていたものが素直に大音量で溢れ出す。しかしこの楽器は聞き手が聞きやすいように手助けする理想的な楽器なのだ。おそらく〈わたし〉は〈言語〉も〈音楽〉もどちらも憎んではいない。むしろ、それらを発する〝人間〟そのものに関心があるのだ。

裏庭に立つ〈わたし〉は、木々に観察されることに耐えられなくなり、木々がわたしを人間として見ているのだと思うと嫌な気持ちになる。そしてまた〈わたし〉は甲高い叫びを聞いて目をさますのだが、誰かの叫びを聞いたのか、裏庭の木の葉がざわめいたのか自信がなくなる。〈わたし〉は裏庭に立って音楽とは言えないような音に耳をすましながら、ひとつの音が生き物から出て来るのか楽器から出てくるのか区別できなくなる。そして〝音〟と〝言葉〟との関係を〈音がなくても、人間はものを言うことができるのかもしれない〉と結論するのだ。

最後のパラグラフでは、冒頭部分に呼応して再び〈わたし〉の眠りについて語られる。〈わたしは、自分の眠りの中で休息することができない〉。意味のないものをたくさん書き写さなければならないからだ。だから、〈夢で書き写したものを、日中この本を書き続けることで消していくのだ〉。つまり、夢の中では休息できないほど必死にもがいていても、それは無意味なものの連続であり、結局は何も書いていないことと同じである。だから夢の中で書き写した無意味なことを、日中は意味のあることで、つまりこの本を書き続けることで消していくのだ。〈たぶららさ〉とは、ラテン語の〝タブラ‐ラサ（tabula rasa）〟、白紙状態を意味する言葉で、外界の影響を全く受けていない状態、あるいは感覚的経験をする以前の心の状態を比喩的に表現したものである。したがって、〈わたし〉が目覚めた時には何も書かれていない状態……〈たぶららさ〉なのだ。

「たぶららさ」は、生きた意味を伝えない形式だけの言語の〝制度〟からの解放を目指して、イメージによって〝表現〟を追究しようとしたものである。ここに示された〝言語〟（＝文字＋音）に対する思想は、新しい物語世界として、このあとに書かれる『飛魂』（講談社、98・5）で実践されるのである。

（昭和女子大学専任講師）

「ねつきみ」論——空間・時間・身体——

江藤茂博

「現実」の混乱　短編連作『きつね月』に収められた全十八の作品のなかで、唯一の書き下し作品が、この「ねつきみ」である。その意味では、「あとがき」に書かれてある、連作全体へのモチーフに関する言が、この「ねつきみ」を読むための解説としても働く。最後に書かれたためにそのモチーフが色濃く反映した作品、あるいは、モチーフを整えるために最後に加えられた作品として、この「ねつきみ」が存在すると考えてもいい筈だからだ。

この「あとがき」で、作者多和田葉子は、〈きつねというのは、来て寝るから「来つ寝」というらしい。眠っている間にこっそりと狐がやって来て、寝床にもぐり込んでくる。心にもぐり込んでくる。その狐に憑かれた時の、または、ものに憑かれたような状態について書きたいと思った。／たとえば月を眺めていると、ものに憑かれたようになることがある。夜に眠ることのできない人は、窓から月を眺める。（略）夢をみているのならばいいけれども、醒めることのできない覚醒という夢は恐ろしい。〉と書いていた。「あとがき」の〈ものに憑かれたような状態について書きたい〉という言葉に沿って作品を読むならば、この「ねつきみ」は、タケルという不眠症の主人公が、月に憑かれていく状態が描かれているということになる。

タケルは〈午前十時、こんな時間に授業にも出ないでふらりと古本屋に入ってしまうのはどうかと思う〉が、大学に向かう途中で古本屋に立ち寄っていた。後にその理由を、〈タケルは夜眠ることができないと、翌朝どこへ行くのかもよく考えずに早く家を飛び出してしまう。眠れないという汗の臭いから逃げ出したい思いに駆り立てられ、布団からやっと這い出す。するとそこにはもう場所がない。部屋が狭いので、本棚と机の間に布団を広げてしまうと、やっと人ひとり立てる程度の空間が残るばかりだ。追い立てられるように部屋を出る。そして大学に行くつもりで電車に乗るところまではいいが、目的地まで乗り続けていることができず、途中どこかの駅でふらりと降りてしまう。〉と説明する。ただ、タケルは〈どこへ行くのかもよく考えずに早く家を飛び出し〉たわけではない。しかし、〈大学に行くつもりで電車に乗るところまではいいが、（略）途中どこかの駅でふらりと降りてしまう〉と、冒頭の場面説明に書いてある。この説明自体、奇妙である。不眠によって〈憑かれたような状態〉のタケルは〈よく考えずに早く家を飛び出してしまう〉という心理的な強迫観念を説明しながらも、そのまま〈大学に行くつもり〉でいたという具体的な古本屋の場面説明に変化しているからだ。おそらくは、こうした「現実」の説明の混乱も、逆に説明などつく筈のない、タケルの憑かれたこころを浮かび上がらせていた。

時間の錯綜　タケルは月に憑かれていた。なぜ月なのかという問いは、ここでは意味をなさない。この作品の題名のように所与のものだからだ。〈書物〉が〈月のこと〉であり、〈沈みそこねて午前の空に残る月は、こんな色をしていることが多い〉と思うタケルは、すでに月に憑かれていた。憑かれているわけだから、その月はすでにタケルの主観的な存在である。高校時代の同級生の言葉として回想される〈柵に囲まれた時間〉とは、観念的な月から逃れられる時間のことであり、さらにそれを持たない人は、月の光から逃れられない人であり、〈死にやすい〉という。同級生のこの言葉を思い出したタケルは、月というものが死にも通じる存在として、彼を圧迫し始める。

過去からの圧迫はそれだけでなく、〈初恋の女の子の瞳〉の記憶からも向けられていた。それは、月から兎という想起連鎖のなかで、回想されたものである。〈兎と聞くとぎくりとする。黄色いお盆のようになった瞳、その中に兎を見た記憶、それは初恋の女の子の瞳だった。〉と、彼は思い出す。さらに、〈一度だけ思いきって瞳を正面から覗き込んでみたら、突然のように黒目に黄金の太陽がさしこんで、黄色いお盆になってしまった。そこに兎の影が浮かび上がった。あんなに恐ろしかったことはない。あの目は決して閉じることのない、眠ることのない満月の目だ。タケルは眠れない夜にはカーテンを閉めて、月の光が漏れ込まないように気をつけている。〉と、彼の記憶は過去からそのまま月光を禁忌する「現実」へと流れ込む。〈初恋の女の子〉の目が、〈決して閉じることのない、眠ることのない満月の目だ〉と恐怖した記憶は、そのままタケルの不眠の話題に接続しているのである。ここでは、記憶が「現実」と混在しつつ、そのまま推移し、その混在そのものが「現実」をかたどっているのである。不眠と月が結びついていることもまた、記憶と「現実」との混在のなかで示されたものである。

月に憑かれたタケルのこころは、あらゆる場所に月を感じ、月を見出していく。蕎麦屋の〈つきみ〉や〈焼かれるような感覚〉をもたらす〈月の光〉、〈月のいる場所〉、〈杯の中〉などが、〈短歌を読むことで、時間に柵を作ること〉による月光への禁忌と対比される。タケルは、〈とにかく中に囲まれた時間を作ることが大切だ、と思い〉短歌を読む。タケルは必死に月から逃れようとするのだ。

覚醒という夢　月に憑かれたタケルの一日の行動が終わる。しかし、彼の不眠症が治まったわけでも、月に憑かれた精神から彼が開放されたわけでもない。暗い部屋に横たわると、その憑かれた観念の動きだけが、物語のなかで顕在化する場面を迎える。〈頭に浮かぶのは、月ばかり〉から、月に憑かれたそのこころに焦点が合わされるのであった。〈自分の胸や腹が山脈のように見える〉タケルは、もはや身体を離脱している。「あとがき」にあった〈夢をみているのならばいいけれども、醒めることのできない覚醒という夢は恐ろしい〉ということか。月に憑かれていたこれまでの「現実」とは地続きなので、実はこの物語が〈醒めることのできない覚醒という夢〉なのかもしれないと、「あとがき」に沿って読みたくなる。そう読まなくても、憑かれた観念の動きだけを追うことになる。こうした観念の劇は、自らの身体を彷徨いながら、〈歌を作ろうとしている〉タケルが、月による強迫観念に抵抗し、言葉を紡ぐというものであった。だが月の光を遮るための柵でもあった言葉はタケルを救えない。さらに彼に迫る月は、〈水にもぐっては、又へへへと顔を出す。すると、月にたった一本生えていると言われる樹木の影まではっきりと見えるではないか。月は閉じることのできない不眠の瞳〉を差し向けられて、物語は終わる。タケルの身体は眠る。が、月に憑かれたこころは、いつも〈不眠の瞳〉に見つめられて彷徨い続けるのであった。

身体を離脱することで、「現実」と〈醒めることのできない覚醒という夢〉の混乱の中での不眠症と月に対する強迫観念が描かれた。「現実」の時空の混乱が、タケルの憑かれたこころを浮かび上がらせることから始まったこの物語は、記憶と「現実」とを混在させつつ、その混在が「現実」をかたどらせていたのである。そして、「現実」と「夢」とが混乱する〈覚醒という夢〉のなかで、ついに月は〈へへへと顔を出す〉ことになった。

さて、蕎麦屋の〈つきみ〉は、作品名「ねつきみ」と重なる。しかし、「寝月見」と漢字で示されるだけのものではない。結末だけなら「寝憑身」だろうか。もしかしたら、寝ていても月が邪魔をするということで「寝身」に「月」が割り込む「寝月身」となるのかもしれない。それとも「きつね」の文字を逆に配列しただけなのだろうか。つまり、連作全ての発表後の作品として、尊敬の「御」までも付した「御来つ寝」を逆配列させたのだろうか。作品名に組み込まれたきつねと月が、さまざまな意味を乱舞させて、今度は読者のこころを悩ませるのであった。

（二松学舎大学教授）

文学と音楽——多和田葉子とヘルムート・ラッヘマン——五十嵐伸治

一九九四年一二月から雑誌「大航海」に連載された「きつね月」の六番目の作品が「ギターをこする」である。そして、一九九八年二月に書き下ろし「ねつきみ」一編を加え、全一八編をまとめて単行本になった。

「ギターをこする」は、主人公の〈僕〉が、友達と同じように何か稽古をしようとしてギターを弾き始めた。ソルやアルベニス、タレガといった作曲家の作品を〈楽譜に記された〉とおり〈音を再現〉することだけに夢中になっていた主人公がある日、ヘルムート・ラッヘマンのギター曲をコンサートで聞いてから〈楽器が手のひらで触れられる、撫でることと叩くことの間には無数の触り方があること〉を知り、〈ものに憑かれたよう〉に何度もギターの弦を指で往復させ擦りはじめる。それによって微妙な音や音階を感じ始め、音の世界が広がり、身体と楽器が一体化するという新しい感覚の発見から自己の認識が揺らぎ始める。

現代作曲家でヨーロッパで活躍する細川俊夫氏はヘルムート・ラッヘマンについて、ヨーロッパの長い伝統で培われた調性音楽によって生み出された既成の音楽に反抗して、〈習慣の否定による美学〉の追求によって自己の音楽表現を生み出した現代ドイツの代表的な作曲家と説明している。それは日常性における〈習慣、慣習への傾斜〉によって人間の感覚が固定化し、〈無感覚〉になり、〈人間の本来持っている能力を麻痺させていく〉ことに対するラッヘマンの警鐘でもあった。ゆえにラッヘマンは、音楽に対する固定観念を払拭し、〈美しい音を発音するという前提のもとに生まれた音素材を新しい方法で構築するのではなく、その奏者にこれまでにない奏法で音を発音させ〉る方法を見出し、〈弦をかすかにこする音、弓を強く圧迫して生み出す軋み音、楽器の木の部分をこする摩擦音、管を通り抜ける音〉等を構築することで〈音がどのように発生し、どのように成長し、そして沈黙に向かって消えていくか、まるで音そのものを顕微鏡（ミクロスコープ）で詳細に見つめるように、注意深くその姿態を聴いてみる〉という新しい音楽の世界を生み出したと細川氏は説明する。

学生時代にロシア文学に親しみ、後、ドイツに住みながら翻訳作業に従事していた中から感得した多和田の言語感覚に対する疑問とこだわりが、逐語訳を織り込んだ『アルファベットの傷口』（後、改題して『文字移植』河出文庫）で表出し、『きつね月』の各小品や『飛魂』、『ふたくちおとこ』や「ふえふきおとこ」などに集約されているが、その過程にラッヘマンの既成の音楽の否定から始まった音の追求と多和田の規制された意味を持つ言語の解放・解体に対する思考と通じるものがあったと思われる。例えば「きつね月」の表題そのものは回文であり、「たぶららさ」では〈常識的な挨拶〉に戸惑う主人公姿があり、〈四季という古い固定観念のせいでみんなが四季があると思い込んでいる〉ことに対する諦念に似た感情のため息の漏れや、「遺伝子」、「かける」では、言葉遊びのような洒落を示し、「台所」では〈マナブ〉や〈マナコ〉と言った人称を設定し、「マナ」＝「目」といった視点の要素をふんだんに活用した用法で描写し、「オレンジ園にて」では、逐語性の言葉を挿入している。それらには、表現のひとつの媒体である言語（記号・音声）の意味が、長い歴史と慣習の中で普遍化され、既成、限定されたことで人間の感覚を固定化し、閉塞させていると考える作者の言語概念に対する疑問があり、言葉の解放・解体を模索し探求する作者の構想が推測できる。

あらためて作品「ギターをこする」の内容に触れてみたい。ラッヘマンのギター曲のコンサートを聞いてから、ギターを弾くことから擦ることへと奏法を転換した主人公は、今まで擦っていた第六弦を親指で思いっ切りはじき、〈不思議な気持ち〉になる。胸に伝わる振動を身体に感じながら〈まるで、こちらがはじかれたよう〉に感じ、〈振動を始めたのは、楽器が先か。僕が先か〉という楽器と身体が一体化したような錯覚に似た感覚を味わう。〈低いミの音は、消える寸前になって、どこかからふいに姿を現わした渦巻く高音に飲み込まれ〉たように、微かに消えてゆく音が瞬時に他の音に吸収されていくような研ぎすまされた感覚を見出し、〈僕がはじいたのではない高い音が空から降りてくる〉と自分の意図、想像とは異なった音を感じるのである。これは〈音がどのように発生し、どのように成長し、そして沈黙に向かって消えていくか〉という音の領域、本質を追究したラッヘマンの思想と共通する。調整音楽の世界を追求しても心や身体に〈響くことはなかった〉主人公は、ラッヘマンの奏法を知ることで調整音楽としてのギターを弾くという行為からかけ離れた偶発的な奏法によって、既成の価値観に捉われていた認識の束縛を新しい感覚によって解放することになる。また、〈つるつるの半透明の合成樹脂〉の弦に対して〈擦っても音がしないと考えるのは僕の思い込みだった〉と固定観念や既成の概念を否定し、擦ることでどんなものでも〈耳を澄ませば、音がする〉ことを発見し、自分の肌（身体）を擦って出る音に合わせて呼吸する内に、自分自身が楽器になり得ると認識し、〈心がぱあっと開〉くのである。そして〈自分という人間がギターを弾くのだと思い込んでいた〉が〈しかし、実際は、ギターが僕の肌をこすっているのではないか〉と感じはじめる。楽器の出す音に自己が吸収され、ギターの弦を擦っている主体である自分というものが見えなくなり、自分の存在までが揺らぎ始めるのである。

ドイツに住み、日本語をマザータング（母語）とする多和田葉子は〈２カ国語で書くことによって、言葉という織物にブラックホールがあるのを絶えず見つける。この言語不在の空白のなかから文学が生まれてくる〉と言う。「ギターをこする」にはこの〈ブラックホール〉に落ちていく主人公の姿がある。音楽と文学の差違はあるもののヘルムート・ラッヘマンの音楽思想を多和田流の文学に換骨奪胎させることで、習慣、慣習によって一義的（普遍化した辞書的）な言語（母語）によって育まれた作者の感性や感覚と異文化の中で生活しドイツ語を駆使する中で感じた〈言語の軋み〉や〈言語不在の空白〉を音楽に転換させているとも言える。ラッヘマンの音の追求と言葉の多義的な本来の言語の解放性を求めた多和田の思想が合致した作品が「ギターをこする」であると言える。つまり『エクソフォニー』にも示されたように異文化の中で生活し、翻訳という作業の中から得た多和田の言語に対する感覚が、母語という言語の一義的な固定化した概念に対する疑問を生み、それが規制された言語からの解放へと発展し、言葉や文体の新しい感覚の誕生となり、習慣、慣習に捉えられてしまった自分の本来の感覚の解放にも繋がり、新しい自己を知る一つの契機にもなったからということであろう。

また、多和田は「ボストンにて」（「新潮クレストブックス」99・5）の中で、〈わたしは日本を離れてからいつも言語に実験されている〉と述べ、〈ことばの領域〉について記している。〈ことばの領域〉そのものは、習慣や慣習によって普遍化され、規制された言語の意味からかけ離れた自分自身の〈ことばの領域〉をも含み、雑誌「文芸」（99・2）で堀江敏幸氏との対談でも話題に取り上げられた母語である日本語の冗語性の問題と異文化のドイツ語との〈言葉と言葉のはざま〉の問題や言葉の〈溝〉に陥ったときに〈言葉を絞り出してくる〉までの〈無の状態〉も含めての〈領域〉であり、外国語の慣用句などについて、直訳できないときに〈感覚の効果〉を生かし〈エフェクトだけを再現〉したことで得た表現の〈領域〉でもあり得るような気がする。そう考えると『きつね月』の諸作品には、言語を中心とした既成概念の問題のみならず、言語感覚や言語と言語の空間といった多和田葉子が発信する多くの問題が集約されているような気がする。

（宮城県立仙台向山高等学校教諭）

『飛魂』――〈わたしたちはお互いに少しも似たところがない〉――佐藤　泉

かつて翻訳は、意味内容を移し替える技術的な（ある場合には芸術的な）作業のことだった。いつ頃からか「翻訳」は、国語、文化的制度、媒体、アイデンティティの枠組みを前景化させ、それらを異化する思想的主題を意味するようになった。日本語・ドイツ語を操りながらそのどちらからもこぼれ落ちる場所をきりひらいた多和田葉子の作家活動が、「翻訳」の思想を押し進める最も魅力的な場を提供してきたことはもう繰り返すまでもない。一九九八年発表の『飛魂』のテーマも言葉の内なるずれであり、その意味で思想としての「翻訳」行為に浸透された作品であることは確かである。しかし『飛魂』はやはり特異な作品というべきだ。ここで「ずれ」や「間」は、もはや二つの異なるラングさえ必要としていない。たった一つのかけがえのない言語であっても、すでにその言葉がずれそのものであるということを、私たちに思い出させる。その点で『飛魂』は、どれも緻密な多和田作品のなかにあっても、言語について最も高密度の思考を押し進めたもののひとつと言えそうだ。

『飛魂』の世界は日本でもドイツでもなく、現代でも古代でもない。強いていえば孔子とその弟子たちが集う東洋の学舎か、中世の秘密めいた修道院か、あるいはバベルの図書館に類する――しかも悪意にみちた権力争いと官能をも滲み渡らせた、どこでもない架空の場である。豊かな言葉の世界ではあっても、言葉が私たちの日常の使用法に従っている世界ではない、アリスの不思議の国のような言語世界である。

亀鏡という名前の女が、書の師として森林の奥深くの学舎に住んでいる。〈虎を求める心は、遠い昔からあり、〈書の道〉〈虎の道〉を求めて、数多くの若い女が家を捨て、その寄宿学校に向かったという。梨水、すなわち〈わたし〉のところには入門を承諾する手紙が来た。〈わたし〉は〈書〉の道を究めようと亀鏡の下にあつまった〈子妹〉たちとともに、研究、討議の日々を送る。亀鏡の学派が依拠する原典〈虎の道〉は全三百六十巻で、寝食を忘れて読書に専念しても読み通すことはできない。しかも一度読んだだけでは意味を表わさないので通読しても意味がない。つまずき、振り返り、人と語り合うことによってしか近づいていくことができない。つまり、原書室には三百六十巻の全巻が置かれており、その意味で書物の全体はそこにいつでもあるが、しかし意味の全体には決して到達することはできないのだ。書はあらたに解釈され討議され、そして黙読され音読される。引用され、別の文脈に記入しなおされる。「テクスト」の属性にも似て〈虎の道〉に作者はいないとされている。が、それは新しい意味の主人としての読者を生みだすという楽天的な〈道〉ではない。逆に、最終的な真実としてすべての言葉を集約するような審級を欠いた書は、道に近付き、道を究めようとする者から繰り返し同一的な安定を奪いとるだろう。書は二行同時に読むこともできず、行を下から上へ読むこともできない。出来るのは繰り返し読むことだけだ。繰り返し読むものは、やがて読んでいるのが自分なのか他人なのか分からなくなる。こうした書とは、最終的な意味をヴェールの影に隠した聖なる書物なのか、それともそのパロディなのか。

この世界で書をめぐる二つの思想がせめぎ合う。〈わたし〉は〈書を声に変え〉る音読にある種の異才を示している。〈わたしは、書を音読する時には、文字を知らない者の心で読んだ。そこに書かれている形をまず、風が落ち葉を吹き寄せて作り上げた形のように、偶然のものとして見つめた。それから、声を振動させ、その振動を魚をとらえる網のように広げた〉。音読は振動する身体である。書の肌を感じ、言葉が舌に密着する音読に

〈わたし〉は惹かれ、〈わたし〉の音読は聴衆を文字通りに揺り動かす。その声からは〈意味の不明な意味が不明のままに立ち上がる〉と人々が言い始める。が、目読や討議を重んじるものにとって音読は軽蔑されているのだし、加えて、音読をしながら内容を変える〈わたし〉は、書のもとの意味を変えないようにと細心の注意をはらいながら引用するものたちのなかにあってあきらかに異端である。自分で創作するならいざ知らず、書かれたものを読みながらなぜ内容を変えるのか、となじられた〈わたし〉には、その非難が理解できない。わたしは書のなかの詩心を引き出してみただけだと言い争いが起こるのだ。〈わたしが一度亀鏡の話を飲み込んで、それを自分の言葉で吐き出すと、そこから亀鏡らしさがなくなって、まるでわたしが考え出したことのように聞こえるのだった。しかも、意味が滑り落ちて、別のものになっているのだった。〉

一語たりとも変えてはならないという信奉者たちの引用によって、書は聖なる一書となるだろう。〈わたし〉の音読は、その聖なる文字の聖性を浸食してしまうのだ。が、〈わたし〉は文字を軽蔑しているのではなく、師を軽んじているのでもむろんない。文字と亀鏡を崇拝し、崇拝しながらずれている。そのずれのために子妹でなくなりかけてはいるが、しかし敵ではない。〈わたし〉にとっても書は絶対であり、その価値を〈わたし〉は軽んじたことはない。が、〈短髪族〉の若い女たちは自らを学舎の頂点に据え続ける亀鏡に対し反感を募らせ、異端思想家としての「わたし」をかつぎあげる。そして〈陶酔薬〉で学舎を経営しているというスキャンダルによって亀鏡を追い落とそうとするのだが、このクーデタは失敗する。物語のレベルでは〈わたし〉の二重の裏切りのための失敗であるが、もちろんこれは短髪族に書に対する敬意が欠落しているためだと見るべきだ。

『飛魂』において、書は聖なるものでも、そのパロディでもなく、肉の厚みをもった生き物なのである。あるとき〈わたし〉は、どこからか現れた男と〈幽密〉を交わす仲になり、男は生殖器のような二本の長い触手を伸ばして〈わたし〉を犯す。男の正体は虎の〈字霊〉で、二本の触手とは虎の字の下半分に生えた二本の線である。文字が人に取り憑くと生き物の姿になって繰り返しあらわれる。言葉は体温ある身体となって官能を刺激するのだ。これは言葉が力を持つという言霊の思想でもなく、言語をもって何ごとかを行うスピーチアクトでもない。虎の文字が足をはやしているように、漢字は表音記号の概念から溢れでる別の次元を備えているが、それがこの架空の小説世界を存立可能にしている次元なのである。詩の言葉がそれ自身を指示しているように、文字は文字自身としての肉を持つ。どれほど奇妙なことだとしても、この作品が実現しているのは、言葉の意味やイメージの官能性ではなく、文字そのものの官能性なのである。書がどれくらい官能的でありうるのか。これは別のものを指すためのあるもの、という記号論の思考がついに立てることのなかった問題である。

書の研究に没頭し、それ以外のことには基本的に無関心な亀鏡は、なぜか多くの子妹のなかでも最初から〈わたし〉には目をとめていた。子妹たちはみな亀鏡を崇拝し、崇拝する者は亀鏡に似てくる。表情、しぐさ、服や歩き方にいたるまで、真似ようとする者もそうでない者も、亀鏡に染まり亀鏡に似てくる。しかし〈わたし〉は亀鏡の影響を受けなかった。亀鏡を愛し、その言葉に耳を傾け、彼女のまなざしを追うにもかかわらず、不思議に染まらない。亀鏡は〈わたしたちはお互いに少しも似たところがない〉という。亀鏡と〈わたし〉は同じ書を読んでいるときであっても互いにずれることのできる二人の女である。亀鏡とわたしほど遠く隔たり合った存在はない。だから書は幾度でも反復され得るし、しかし一度も同じ反復にならない。反復されるごとにその都度ずれが生まれ出る。〈虎の道〉の全体性は逃げ水のようにつかみきれないままだが、それでも〈わたし〉はいつでもそのずれの内に虎の姿が立ち現れるのを見ることだろう。

（青山学院大学助教授）

『飛　魂』——崇高にしてエロス的なものへの誘惑——

髙橋博史

平凡な生活を送るはずであった〈わたし〉は、占い師の予言をきっかけに虎の道を究めることを志し、許されて〈書〉の師匠として名高い亀鏡に弟子入りする。女だけが集まる亀鏡の学舎での体験を、〈わたし〉自身が語るという体裁の作品である。発表直後に行われた「創作合評」（「群像」98・2）で川村二郎は作品の分かりにくさを率直に語っているが、たしかによく分からないというのが一読した印象である。そもそも登場人物の名前をどう読むべきかが分からないし、語られているのが何時の時代の何処のことなのかも判然としない。もっともこのこと自体は作品を理解する上でさしたる支障にはならない。「亀鏡」をキキョウと読むにせよカメキョウと読むにせよ、読者は登場人物の名前に何らかの読みを与えつつ、架空の場所での話として読み進めていけばよい。問題なのは、語られている〈わたし〉の体験の全体がうまく見えてこないということにある。作品は〈わたし〉が亀鏡の学舎に向かうところから始まり、亀鏡の笑いの中に虎を見るところで終わる。その間緩やかに時間は流れているのだが、〈わたし〉の語りは時間の秩序には従っていない。例えば、虎の道を志した〈わたし〉が〈膨大な書物を所有していることで有名な人の家に使用女として潜り込〉んだことが作品の冒頭で告げられているが、その家で〈わたし〉がどういう経験をしたかが語られるのは作品の半ばに至ってである。あるいはまた多くのエピソードが、〈ある時〉という語り出しで時間を特定せずに語られる。個々の体験は時間の前後関係から切り離されて、語っている〈わたし〉が関心を寄せ、思い浮かべていく順に従って語られているようである。ではそのように語っている現在の〈わたし〉はといえば、これもまた不明である。〈わたし〉は現在もなお虎の道を求めて学舎にいるのか、あるいは既に学舎を離れてしまったのか？　語っている今の〈わたし〉について〈わたし〉は何も語らない。そのため〈わたし〉の物語は到達すべき地点が示されないまま、一つの記憶が次の記憶を呼び起こし、それがまた次の記憶を呼び起こすとでもいうように、連想の連鎖によって続けられているように見えもする。

しかし他方で、冒頭近くの〈飛魂という〉〈言葉の具体的に意味することが分かったのは、ずっと後になってからのことだった〉という言葉に対応して、〈わたし〉の魂が亀鏡に呼び寄せられた体験が作品の終わり頃に至って語られる。虎の道を求める〈わたし〉が虎を見たことを語って終えられることにも示されるように、〈わたし〉の話には一応の方向性とまとまりはある。いささか奇妙な語り口の意味を探るためにも、まずは〈わたし〉が何について語ろうとしているのか確認しておこう。

占い師に〈虎模様を持つ女は〉〈夫を捨てて修行林に入れば道が徘徊天まで開ける〉と告げられて〈わたし〉は虎の道を究めようと決心する。虎の道とは、日常的な生活を離れて崇高な世界へと至るための教えであるのだが、その内容は漠としていて分からない。虎の道の原典は全三百六十巻の〈書〉であるが、それはひとりの人間には読み通すことができないし、一読しただけでは意味を表さない部分が多い。だから〈書〉の師匠である亀鏡の学舎で他の子妹とともに学ぶ必要があるのだが、では師匠としての亀鏡の権威は何によって保証されるのだろうか。〈書〉の内容が理解しがたい以上、亀鏡の解釈、説明の正しさが、その権威を保証しているのではない。亀鏡は作品の最初から崇拝される〈書〉の師匠として登場し、虎の道を志した〈わたし〉も亀鏡への弟子入りを熱望する。多くの人々が崇拝し、弟子入りを願っているということが、彼女の権威の源となっているのである。

〈わたし〉は飛ぶことについて、〈主体を必要としない飛翔の体験というもの〉がまず初めにあり、そのうち鳥が生まれて〈飛ぶと言う行為を目に見えるように〉し、それから〈人というものが現われて、鳥に乗って飛ぶという体験をひとつの物語にする〉と語っている。〈飛翔〉を崇高なるものへの欲望と読み替えれば、これは亀鏡とは何であるかの説明でもある。人々の中の崇高なるものへの欲望が虎の道として可視化され、それを物語る亀鏡が登場するのである。それは人々の欲望の産物であり、亀鏡自体が崇高さを内在させているわけではない。にもかかわらず一度登場した亀鏡は崇高な存在として人々に卓越する。亀鏡に認められ、近づくことが崇高さに近づくこととして欲望される。亀鏡からの距離に従って〈階級〉が形成され、それがまた亀鏡の権威を支えていく。

他方で亀鏡はエロス的な欲望の対象でもある。学弱者のレッテルを貼られて落胆した〈わたし〉は一時陶酔薬におぼれるが、そこに亀鏡が現れる。その時〈わたし〉は、虎の道を究めることができるかどうかは分からないが亀鏡が迎えに来てくれたことだけで充分だ、学舎に帰ろうと思い、さらに虎の道という言葉があるから亀鏡に話しかけることができた、言葉はありがたいと感じる。この時〈わたし〉にとって亀鏡は虎の道のための師ではない。かえって虎の道が亀鏡と結びつくための手段となっている。このことに続いて〈わたし〉が虎という字の〈字霊〉と交わったエピソードが語られるが、字霊によって与えられる性的な快は、〈わたし〉が亀鏡に望んでいるものの投影だといえる。しかし字霊の与える快がどれほど強くても、それは他の男たちとの交わりと同一の地平にあるものに過ぎない。亀鏡の前に字霊は消える。字霊には亀鏡の持つ崇高さが無いのである。かくして亀鏡は崇高にしてエロス的な存在として定位される。

さて学舎の中で子妹たちは次第に亀鏡に似ていく。亀鏡の体から発して子妹の〈肌の中へ浸透していくにおいのようなもの〉に影響されて、〈思うこと、感じること、痛みなどが混流し、どこまでが亀鏡で、どこまでが子妹なのか、区別がつかなく〉なっていく。その中で〈わたし〉だけが亀鏡に似ていない。当初〈わたし〉は亀鏡の注意を特に集めているようであった。しかし〈わたし〉と亀鏡との間には次第に距離が生じ、〈わたし〉は決して亀鏡と同化しないことを自らの立場と定めていく。これが〈わたし〉の語る物語の基本的な方向なのだが、作品の最後〈わたし〉は、満座の中で〈「魂」という字は鬼が云う、と書きます。つまりものを云う鬼が魂です〉〈わたしがしゃべっていても、実際はそれは鬼を招待して、その鬼にしゃべらせている〉のですと主張する。亀鏡を中心とした同質集団の外にあるものとして自己を宣言するのである。〈鬼〉であって〈霊〉ではないことにも注意を向けておきたい。〈わたし〉が〈書〉を朗読すると、声が子妹たちの身体に働きかけ陶酔感をもたらす。〈わたし〉はそれを〈霊〉の力によるものと考え、一度は〈霊を集め、霊といっしょに飛ぶ〉ことを目指そうとする。エロス的感覚を呼び起こすことを通じて、崇高なるものへと至らんとするのである。しかし肌と肌との隙間すらなくなるような亀鏡との一体化に囚われた子妹たちは〈わたし〉の朗読にも関心を寄せなくなる。その時〈わたし〉は〈霊〉を呼び寄せるものから〈鬼〉を招待するものへと跳躍し、〈鬼〉という字が虎の姿を出現させる。

だが作品は〈わたし〉が亀鏡の〈笑い声の中に〉〈虎を見た〉ことを告げて閉じられ、それが一体どういうことなのか、それによって〈わたし〉が何を得たのかは、語られない。作品は、〈わたし〉がどのような地点に到達したかではなく、そこに至るまでの過程をこそ語ろうとしている。崇高な何かを目指して女たちが集う学舎の中で、〈誰の手からも逃げていく〉性格の〈わたし〉が、戸惑い、苦悩し、決断していく様を〈記憶の中の〉一つ一つの〈状況に魂を飛ばして、今そこに居る〉かのごとく語っていく。その語り口を支えているのは、決して同化しないことによってだけ崇高にしてエロス的なものを希求し続けることができるのだという倫理であるように思われる。作中の学舎が、現実離れした「架空」の場ではないことは、もはや言うまでもないことだろう。

（白百合女子大学教授）

『ふたくちおとこ』——自由への誘惑と挑発の物語《アレゴリー》——髙口智史

『ふたくちおとこ』（一九九八年刊）は、「ふたくちおとこ」「かげおとこ」「ふえふきおとこ」の三つの短編から構成されている（一九九七年から翌年にかけて「ニーダーザクセン物語」のタイトルで「文芸」に連載された）。いずれも中世ドイツ・ニーダーザクセンを舞台とした出来事に題材を得ているが、さらにそこに現代の日本人の物語を交錯させた、多和田葉子ならではの方法的な物語《アレゴリー》だ。

「ふたくちおとこ」では中世ドイツの歴史観光に訪れた日本人旅行客の前で、『ティル・オイゲンシュピーゲルの愉快ないたずら』の寸劇が演じられている。語りはいつのまにかそのまま中世のティル（作者によって脚色されてはいる）の物語になったり、現在に戻ったりして、「ふたくちおとこ」では物語の時空という書き割りは完全に融解し、読者は物語の場を特定できない不思議な虚構世界のなかに放り出される。そして旅行という虚構の世界。言語の壁。登場人物たちの会話は全くコミュニケーションが成立せず、ドラマも成立しないまま、彼らは場所から場所を浮遊しながら移動していく。そのなかにあって目前に繰り広げられるティル・オイゲンシュピーゲルの寸劇を見ながら、〈そいつ、おれ〉——〈やっぱり人をだますのが、最高の芸じゃないか〉という役者いのんど、はドイツ中世のトリックスター・ティルに自分を重ね合わせようとする。母親に憎悪され成長したティル、〈いったい何なの、おまえのやってる、それ〉と周囲から侮蔑の言葉を浴びせられるいのんど。この世界に居場所のない日本の〈役たたず〉の、時空を超えたもうひとりの自分との出会いだった。

物語で、〈役たたず〉という二人の存在を《図》とするなら、《地》は彼らを〈役たたず〉と規定する権力的、抑圧的な共同体のコードだ。その中では〈役たたず〉でしかありえず、個人のオルタナティヴな可能性は封じられている。いのんど自身が自覚しているように、そのなかで〈役たたずになって楽しむのは、大変なこと〉で、そのためには〈強い意志が必要〉なのだ。ティルは上の口と下の口（肛門）とによって共同体のコードを攪乱しつづけ、共同体に対峙し続けることで〈おれ〉であり続ける。しかし〈おれ〉であり続けるためには〈嫌われ逃げて、嫌われ逃げる〉という運動（旅）を持続し続けるしかないという事でもあった。停止は、すなわち死。そしてかき回しては〈嫌われ逃げて、嫌われ逃げる〉という苛烈な生を生きるティルと、〈役たたず〉に甘んじ、自閉的にぼやくだけのいのんどとの差異が次第に明らかになっていく。自閉した日本の〈役たたず〉いのんどは解体していくしかない。

次の**「かげおとこ」**は、十八世紀、少年のとき奴隷としてガーナからヨーロッパに連れてこられ、黒人として初めて哲学士の学位を取得したアモと、動機もなくレッシングを研究するために日本から留学生してきたタマオという二人の〈おとこ〉の物語である。二人はともに西洋文明によって去勢させられた異文化の土地からやってきた、西洋では〈かげ〉でしかありえない〈おとこ〉たちだ。

奴隷となってアフリカから連れてこられたアモの視点から西洋文明を分節化していくことによって、作者は西洋文明の普遍性神話のベールを剥いでいく。西洋の知を内面化していくことは、アモにとって文明のコードによって意味づけられた私――「黒人奴隷」としての自己を発見していくことであり、そのことは同時に普遍のベールに隠蔽された、黒人奴隷を必要とする文明の暴力の発見でもあったのだ。そしてアモは、奴隷にして、大学の哲学教授という西洋知の権威であるという両極に引き裂かれた存在〈アントン・ウィリアム〉を生きる。それは西洋文明の中の喩としての《マラーノ（隠れユダヤ人）》に他ならなかった。権力のコードに抵触しない限り、西洋の〈悪霊〉たちは本性を現さない。アモはどこまでも西洋文明の潜在的な暴力性と違和のなかで、判断停止をしたまま宙吊りにされた生に耐えなければならなかった。しかし失恋をスキャンダル化されたことが、〈自分の魂が悪い霊たちの土地を離れて旅立とうとしているのを感じ〉、故郷アフリカに帰っていったのだった。

　他方レッシングを研究するため日本の留学生タマオも、西洋知についての根本的な研究モチーフを欠落させた青年だ。マンフレッドから〈アモの跡継ぎ〉と揶揄されるタマオだが、アモと異なるのは、彼自らがドイツ社会のなかで、日本人エリートとしての優越性や特権性を保持しようとする確信犯であることだ。しかしドイツ人のマンフレッドと日本人のナナに対し優越性を誇示しようとするほど、逆に彼は西洋文化に対する自己の他者性や、研究主体の不在が意識化され、さらに自分のなかから消去しようとつとめる自己の〈かげおとこ〉としての劣位性に向き合わざるを得なくなる。

　このように「ふたくちおとこ」「かげおとこ」の二作は、〈おとこ〉たちが、共同体のコードにアイデンティティを翻弄される物語だ。しかしこれら作品の面白さは、作者が彼らに同情するのではなく、彼らを突き放す冷めた目をもっているということだろう。「かげおとこ」は、研究対象を〈アントン・ウィリアム〉に変更するというナナの宣言で終わるが、最初の「ふたくちおとこ」の薬局の女主人や三人女といった〈おんな〉たちも同様に、〈おとこ〉たちの演じる悲壮ぶった劇をさらに舞台の袖から見つめ、〈おとこ〉たちの劇を異化している。その周縁を生きる〈おんな〉たち（作者も含め）から見れば、〈おとこ〉たち演じるの劇は肩に力の入った喜劇にすぎない。とくにドイツの二人の〈おとこ〉に対照させて、二人の日本人の〈おとこ〉を登場させ、日本人の喜悲劇に物語を収斂させていくところに、作者の日本の読者へ向けた批評とメッセージがある。共同体に異議申し立てをするティルとアモに対し、いのんどとタマオは共同体のコードへの抵抗力を喪失し、タマオに至ってはコードのなかで自己を権力化しようとたくらんでいる。ここにあるのは、自由を喪失した日本の〈おとこ〉への揶揄と、出口を見失ってしまった現代日本社会への愛想づかしだ。

そして最後にハーメルンの**「ふえふきおとこ」**の物語が語り出される。共同体のコードによって封じ込められた伝説を、作者は複数の語りの〈モザイク〉を通して読み変えていこうとする。ペストが猛威を奮う十三世紀、〈市というのは死に囲まれた城壁の内部の生活全体〉であり、その中で起こった市内中の子供たちの誘拐／失踪事件。そこに語り出される事件は〈役たたず〉の弟（ふえふきおとこ）の兄に表象される〈市〉への復讐であり、子供たちにとっては家、親、日常からの解放の誘惑であり、母親たちにとっては母という役割からの解放である。複数の語り手によって語りだされる〈ふえふきおとこ〉の事件とは、これらの人間の共犯関係の織りなす、境界の逸脱を志向する者たちの祝祭劇だ。だがこの事件も、物語のなかではひとつの喩なのだ。繰り返される〈笛〉〈筒〉〈膣〉〈路地〉といった喩。私たちは、その狭苦しい空間に身を置き、〈外の光の暴力から断絶されているという安心感〉を得ながら、同時にそうであるがためにそこから解放されたいという欲望を密かに抱いている。さらに〈鼠〉とは、そのような両義的な場を生きる存在の喩だ。物語は時間の境界を越え、現代の物語に転換していく。私たち人間とは、潜在的に共同体のコードからの自由を希求する《マラーノ》でもあり、何かを待ち望む存在なのだ。〈ふえふきおとこ〉は、解放のエクスタシーの音色を響かせ、そんな私たちを挑発しにやってくる。各段の冒頭に配列された五十音は、五つの母音を反復しながら進行する運動だ。五十音の進行に従って、物語の連鎖は、螺旋状に上昇するように読者を自由へいざなっていく。

（錦城学園高等学校教諭）

「枕木」──渡されていく言葉と想念と──

熊木　哲

「枕木」の初出は、「新潮」一九九九年一月号（第九六巻第一号）。のち、『ヒナギクのお茶の場合』（新潮社、00・3）収録。

わたしは通勤電車ではなくて、長距離列車に乗って、緑の中を走っているところ。そういう想定で小説を書いているというのではなくて、本当にそういう列車に乗って、本当に今この文字をワープロに入力している。

長距離列車は〈ロッテルダムに向かう途中〉で、乗客の〈わたし〉が、列車の進行中に言葉を〈ワープロに入力して〉出来あがったのがこの作品ということであろうか。ヨーロッパの国際列車に乗って、ワープロに入力しているという〈想定〉ではないということなのであろうが、これが戦略ではと憶測させられるところだ。冒頭段落に次の一節がある。

小説家というのは、いつも列車の窓から外の景色を無責任に眺めながら、あれこれ考えている人間のことかな、と思う。

主人公の〈わたし〉も、どうやら〈小説家〉のようである。〈無責任〉ではないにしても、列車の内外を〈あれこれ考えて〉いるからである。

〈まわりにすわっているオランダ人やオランダ人ではない人たちは、わたしがキモノを持っているけれども今は西洋を旅行している途中だからジーパンをはいているのだろう、と思っているに違いない〉という一節があるが、ここでは、〈わたし〉が、着物を持っている日本人であることが自明のこととされている。〈本当に着物など一枚も持っていないのだ〉が、〈着物は身体から自然に生えてくるカビのようなものではないんですよ〉と〈言いたのだけれど、そんなことを言っても、分かってもらえるかどうか分からない〉と展開する言い分であるが、〈わたし〉の心中が〈あれこれ〉と文字化されている。こうした展開は一部分の現象ではなく、本作品そのものといってよかろう。

本作品は、長短合わせて一九の段落から構成されているが、段落間の関係は、いわばリレー競争であり、前段から後段へのバトンの受け渡しといえよう。ただし、リレー競争のバトンは同一の一本であるが、この作品におけるバトンは受け取ったバトンがそのまま或は変奏されて次の段落へリレーされていく。

例えば、〈電車に乗っていると、どうして電車なんかに乗っているのだろうと思ってしまう〉と始まる冒頭の段落に入力された〈小説家〉は、第二段落では、〈作家〉となり、第二段落での〈庭を眺めている作家は着物など着ているかもしれない。もちろん、それは男の作家の場合で、男は洋服よりも着物の方が楽なんだそうである〉と展開する。その後、〈男が着物を着たり下駄を履いたりするのは、通勤電車に乗らないでも暮らしていける羨まし身分、ということになるらしい〉と引き継がれ、第三段落の〈わたしは通勤電車ではなく、長距離列車に乗って〉とバトンされていく。この段落では、前述の〈着物〉のエピソードが展開していく。

第四段落は、〈長距離列車の窓は、書斎の窓とは違っているので、窓の外の樹木をじっくり観察することなどできない〉の一文に始まり、第五段落では、〈長距離列車の窓は広く、カーテンもない〉と始まる。〈書斎の窓〉

は第二段落の展開であり、第三段落が〈長距離列車に乗って〉であったことから、第四、第五段落では〈長距離列車の窓〉が引き継がれていく。

つまり、一つの着想が次の着想へと連絡し、胚胎された新たな着想が次へと引き継がれ発芽成長し或は分化変容していくという構造といえよう。

しかし、このプロセスは一様ではない。〈線路際に生えた潅木の葉などは、あまり流れが速いので、わたしの網膜の表面で絵の具のように、ぐちゃぐちゃに混ざって、とても葉と呼ぶことはできない〉という、疾走する列車からの普遍的な現象を入力している一方、〈刈り入れの終った後の麦畑。麦だと思うのはわたしの勝手な解釈で、わたしは、生れてから一度も麦も米も収穫したことがないので、本当に麦なのかどうか分からない。列車に乗る前に駅の売店でパンを買ったから、その原料となる麦がどこかにあるのだろうなあ、と思うだけのこと〉とされる。こうした、〈わたしの勝手な解釈〉や思いが随所に紡がれていく。

〈わたしの勝手な解釈〉によって紡がれていく思いは、第八段落までは、列車に乗っている〈わたし〉の視線から内面化された発想への展開であったが、〈駅だと思ったら海に来ていた〉に始まる第九段落では、〈海〉という実景から触発された幻想へと展開して行く。以後、〈気がつくと、また列車に乗っていた〉と始まる第一〇段落を初め、実景とも幻想とも分かちがたく展開する。

結末、〈ワープロのバッテリーが空になって〉しまい、〈ノートを広げて肉筆で書き始めると、なんだか公共の場で日記を書くような恥ずかしい気持ちになって〉、洗面所に避難した。

この列車の水洗は旧式だった。ぺダルを踏むと、床がぱっかり開いて、線路の枕木が次々と走り過ぎていくのが見える。ささやかな水が流れる。枕から枕へ、今夜見る夢から明日の夜見る夢へと、枕が流れていくのが見える。どうやら枕木というものはその上に頭を置いて眠り込んでしまうためにあるのではなく、夢から夢へと渡って行くためにあるらしい。

言うまでもなく、作品題目「枕木」の由来である。そして、この作品そのものの構造である。実景を入力しているうちに言葉は内面化し幻想化し、言葉は次の言葉を呼び、想念は次々と言葉を生成し進んでいく。〈枕から枕へ〉と渡るように、言葉から言葉へと渡っていくことでこの作品は動いていく。いってみれば、紡がれ渡されていく言葉と想念の絵巻といったところか。

「枕木」についての「文芸時評」は、井上義夫（「新潮」99・2）の、「兄の思い出」の部分で〈姿勢を崩した失敗作だが、前半部では遺憾なく面目を発揮し、結尾もまた申し分ない〉とする、つぶやきの他、「群像」（99・2）の第二百七十八回「創作合評」にて取り上げられた。評者は、黒井千次、増田みず子、富岡幸一郎。増田は〈次第に現実を離れて夢想の世界に入り込んでいく〉とし、富岡は〈言葉自体にほかの連想と移動が起こってきて、それが空想をつなげていく〉と指摘した。黒井は〈列車が走っていくという感じと、外が流れていくように自分の中でもどんどん流れていく想念のようなものを、しかも小説を書こうとする行為で描いていく。みんな動いていくという感じがおもしろい〉とした。意味の取れないところもあるとしながらも、三者の評価は高かったといえよう。

「枕木」についてのまとまった論考は、管見による限り、未だ見られないようであるが、『現代女性作家研究事典』（鼎書房、01・9）の「多和田葉子」（福田淳子）が「群像」の「創作合評」を紹介している。

（大妻女子大学短期大学部教授）

「雲を拾う女」――小倉真理子

〈五月のある日、オッテンサーハオプト通りのアイスクリーム屋の前で、（わたし）は奇妙な光景を眼にしてしまった〉（傍点論者）と始まる「雲を拾う女」は、我々読者の眼前に、実に奇妙な光景を展開させる。それは、多和田の多くの作品がそうであるように、独特のレトリックによって彩られている。〈一日中太陽にさらされて乾いてしまった風が、砂のように肌の表面をすべっていく〉など、新感覚派を思い起こさせるような文章に引きずられていくと、もうそこは、多和田の世界だ。伏線が伏線をよび、大きなうねりとなって作品を形づくっていく。物語は、通行人の靴が次々と通り過ぎていく情景の中、〈（わたし）の視界に、ふいに、ひときわ優雅な純白のハイヒール〉がとびこんでくるという所から展開していく。この雲のような純白のハイヒールをはく〈女〉、つまり、〈雲を拾う女〉と、括弧付きの（わたし）とが、作品の縦軸となっている。とはいっても、両者が共にいわくある存在で、一筋縄ではいかない。

まず（わたし）は、〈身体を持たない。名前もない。何者でもない。普段は、人の目にもみえない。ただ、時々自分の意志とは関係なく、ある物質や生物のカタチになってしまうことがある〉というもので、いま、〈女〉と出合ったときは、哺乳ビンの乳首に変身していた。（わたし）が身体をもたなくなったのは、ずっと以前、靴を沼に落とした時からで、沼の魔物に〈落ちた靴さえ拾ってくれれば、何でもあげるわ〉といった挙句、靴とともに身体までとられてしまったという。その（わたし）が〈女〉に拾われ、その手中にあって〈女〉の行動を観察することになる。

一方、〈女〉は、コウモリ色に塗りつぶされた異様に長い爪を持ち、ぴったりと身体に張りついた小さすぎるスーツを着て、道端からパリパリに乾いたフランスパンを拾う。その〈女〉は、同性愛者の減税デモの横を通って、喫茶店に入り、同性愛者らしい二人連れの男性の会話に耳を傾ける。同性愛者は、多和田がよく扱う素材の一つだ。この作品では、〈女〉を〈コウモリちゃん〉と呼ぶ夫もまた同性愛者で、その相手は〈シマウマちゃん〉と呼ぶ陸上選手。コウモリの夫は、ただ減税のためだけに〈女〉と同じマンションに住んで結婚を装っているのだ。さて、シマウマがマンションを訪れ、二人で夫の部屋に入ると、コウモリは、テープレコーダーの大きなマイクを夫の部屋のドアに接近させて中の音を録音する。なぜならば、コウモリが、もっか一番難しい音として探しているのが〈ある存在の中で別の存在が出している音〉だからだ。同時に、コウモリ自身もこうした二重の存在と無縁ではない。コウモリは、口から青い炎を吹き出すことができる者で、（わたし）はこれを、〈人間の女性の身体を借りていても、その他にもうひとつ、別の身体を所有しているということだ〉と説明する。

身体のない（わたし）や、化身のように二つの身体を所有す〈女〉など、御伽の世界ともいえるが、この存在の多様性には、多和田自身の存在のあり方も参考になる。よく知られているように、多和田はドイツのハンブルクに在住し、ドイツ語で小説や戯曲を書くのと並行して日本語で小説やエッセイを書いている。作家としてこのようなケースは珍しく、まさに、一つの身体にドイツ語的思考パターンと日本語的思考パターンを持った存在ということになる。〈何かふたつの言語の間に存在する「溝」のようなものを発見して、その溝の中に暮らしてみたいと漠然と思っていた〉と述べる『カタコトのうわごと』（青土社、99・5）や、『エクソフォニー——母語の外へ出る旅』（岩波書店、03・8）など、自己の存在の二重性について繰り返し語られている。〈ある存在の中で別の存在が出す音〉を採るという、一見、不可解に感じられるコウモリのテーマの先には、母語の外で作品を紡ぐ多和田の存在が垣間見えてくるような気がする。

ところで、作品はあくまでもパズル的な興味を持たせて展開していき、次第にコウモリの正体が悪魔であることが明かされていく。音楽評論家であるコウモリの夫がコウモリと結婚したのは、評論家（コウモリの夫）の母親が悪魔に息子の魂を売ったためだという。夫が独身であった頃、母親は同性愛者である息子の姿に動転して、意識が上昇し、上昇していった先の空色の世界で死んだ夫（コウモリの夫の父親）に似た悪魔―ゴキブリの羽根そっくりで黒く輝くアタッシュケースを持っている男―に出会う。その時、人間界で放送局の研修をすることになっていた悪魔の娘（コウモリ）に、同性愛者の青年（コウモリの夫）をあてがうことになったのである。

ここで、もうひとつ絡んでくるのが、コウモリが酒場で知り合った女学生のリリーである。その酒場で、リリーはコウモリが足をゆすってカウンターの止まり木から落としたハイヒールに関心を持つ。なぜならば、リリーには昔、コウモリと同じように足ばかりゆすっている友達がいたからだ。コウモリの靴は止まり木の下の暗い夜の沼に沈んでなくなり、ここに、コウモリとリリーの友達と、以前、靴を沼に落とした（わたし）とが交錯する。さらに、マンションを訪れたリリーが目にしたのは、コウモリが毎日拾っているという乾いたパンが、箪笥の五つある大きな引き出しにぎっしり詰まっているところだった。

そして、そのマンションにやってきたのは、ゴキブリ色のアタッシュケースを持ったセールスマン風の男で、真白いハイヒールを掲げている。男は悪魔本人に違いなく、靴は（わたし）が沼に落としたものに違いない。そう思った途端、乳首の（わたし）は急に声が出て、小鳥の声で身体を返してほしいとしゃべる。これは、まさにコウモリの探していた〈ある存在の中で別の存在が出している音〉であり、ここにコウモリの目的が完結する。また、この混乱の最中、コウモリの夫やリリーが白いハイヒールを履いてみる。が、靴は夫には小さすぎ、リリーには大きすぎる。ところが、コウモリがハイヒールを履くと、（わたし）のものであるはずの靴がコウモリにぴったりと入る。ということは、コウモリは（わたし）からとった身体を使っていたと解釈することも出来そうだ。再び、コウモリと（わたし）とが交錯する。とにかく、コウモリが靴をはいた瞬間、箪笥の引き出しが次々と開いてパンのかけらがあふれて膨れ出し、船形の雲となってコウモリを乗せたまま宙に浮かんで消えていく。

以上、パズルのように絡み合った一夜の出来事を、理屈で理解しようとするのはナンセンスだ。存在の二重性ということを核にすえながら、一つ一つの首尾を楽しむことが肝要で、その中に、同性愛やラジオ放送など、多和田の関心ある素材がばら撒かれ、連想が連想を呼びながら展開していく。同時に、それぞれが、伏線と暗示と諧謔の材料となっている。悪魔が明るい水色の空に住んでいて、人間界の研修に出ていた娘を連れ戻しにくること、しかも、それにはシンデレラのようにぴったりと合うハイヒールが必要なこと、また、〈女〉が空へ帰る時は、雲が船の形となって竹取の姫のように空に消えていくことなどで、〈女〉がパンを拾っていたのは、まさに、空に帰るための雲を拾っていたことになる。多和田の代表作「犬婿入り」が民話の世界を新しい視点で捉え直したように、「雲を拾う女」は、存在の二重性を鍵とした新しい形のお伽噺であったと知られよう。

最後に、〈気がつくと（わたし）は、雑音や世迷い言を全身に刻み込まれた録音テープに変身していた〉とある。そういえば、録音テープこそ、一つの身体の中に、二つ、いや、それ以上の存在の音が刻み込まれたものといえるだろう。話の「おち」として快い。

「新潮」一九九五年十月初出、単行本『ヒナギクのお茶の場合』（新潮社、03・3）所収。（東京成徳短期大学助教授）

秘密の手紙のいざこざは日増しに激しくなっています

――「ヒナギクのお茶の場合」について――

山﨑眞紀子

ティーバッグはお茶を出し終わったら捨てるものかと思っていたが、なるほど紙を染めるのにも使えるわけだ。ハンナは〈わたし〉の戯曲を舞台化する際に、お茶で染めた和紙で迷宮のような壁を作った。宙吊りの壁。歩くとゆらゆらゆれる壁。壁とは動くものなのか。そして、壁とは南京虫が座る場所なのか。

〈わたし〉はハンナの歌う〈壁の上に、壁の上に、南京虫がすわっています〉を聞いて、〈壁〉＝ベルリンを、〈南京虫〉＝南京という町を連想する。言葉と記憶は切り離せない。けれど、記憶にいつまでも縛られていては、〈わたし〉の言語活動は固定化してしまう。ドイツ語で歌われたハンナの風変わりな歌も、〈わたし〉によって「南京虫」と日本語に訳されてしまえば、中国にある〈南京〉と名のついた町が脳裏に自ずから浮かんできてしまうのだ。それが日本語を使用してきたものの記憶なのである。〈わたし〉は言う。〈みんなとおしゃべりしていて、急に日本語の単語が思い浮かぶと、すうっと談笑のざわめきが自分の身体から遠ざかっていくように感じられる。それから、わたしひとりの空間に包まれる〉と。日本語でいう南京虫はドイツ語では〈南京虫〉と名指されているわけではなく、ましてや〈南京〉という町など思い浮かべはしない人たちの群れの中にいて、自分だけがもつ記憶の中に取り残されるのだ。

〈わたしひとりの空間〉とは、たとえればティーバッグの中のことではないか。雛菊の茶葉が、紙の袋に詰め込まれて、ヒナギクのお茶としてパッケージされる。紙の袋は、一つの言語という入れ物だ。〈わたし〉は日本語という袋に詰め込まれて、ドイツまで運ばれた。カップの中のお湯に浸されれば、袋を通して〈わたし〉はお湯（ドイツ）の中に徐々に染み透って出て行く。

色が出ただけでは味が出たことにはならない。まず色気、それから味気。色が見えてもゆすり続ける。ゆすり、ゆすられて、そのうち味が出てくるのだろうと思う。

お湯の中に宙吊りにされる〈わたし〉。日本語以外の言語の中に浸って、ゆすり、ゆすられて〈わたし〉という味が出てくる。記憶から完全に解放されたわけではなく、かといって縛られているわけでもない。

管啓次郎は〈文学を書くということは、いつも耳から入ってきている言葉をなんとなく繋ぎ合わせて繰り返すことの逆で、言語の可能性とぎりぎりまで向かい合うということだ。そうすると、記憶の痕跡がたくさん活性化され、古い層である母語が今使っている言語をデフォルメするのかもしれない。〉（「XENOGLOSSIA 翻訳と創作」「ユリイカ」臨時増刊号04・12）と述べているが、つまりはお湯の中で宙吊りにされて、母語である古層という色がまず放出され、その上で固定化された言語から離れ、〈デフォルメ〉された言語活動を通じて〈わたし〉という色気、味気が出てくるのだ。

では、〈わたし〉の色気、味気とは何だろう。日本語という袋から飛び出した〈わたし〉自身の色気と味気。それを語るにはハンナが必要だ。自分は自分の存在を見つめていただけでは自分を語れない。日本語が日本語の中だけでは十分にその特質がわからないように。他を通して、その差異で自分を知る。ハンナも〈わたし〉と同様に〈わたし〉を通して、輪郭が明らかになっていく。

ティーバッグは舞台美術に使う紙だけでなく、台所の床やハンナが飛行場から拾ってきてくれた〈日本の新聞〉をも染める。床の茶色いしみはまるで血痕のように染められ、血痕＝殺人事件という連想が働く。ハンナは推理小説しか読まない。そして、その小説の中の一節を葉書に書いて〈わたし〉に郵送してくる。ハンナが思った〈日本の新聞〉は実は中国語の新聞なのだが、その中の〈密函風波愈演愈烈〉という活字を出涸らしのティーバッグが黒々と浮かび上がらせる。日本語に訳すと「秘密の手紙のいざこざは日増しに激しくなっています[注]」。手紙ということばから一瞬、ラクロ『危険な関係』が連想されるが、この中国語の言葉は何か意味ありげである。

多和田葉子は作品集『ヒナギクのお茶の場合』を刊行したあとに、〈今回の作品集は、ドイツの町を舞台とした作品が中心になっている〉〈町を登場人物の一人として扱っている感覚がある〉と述べ、さらに〈町の名前をカタカナで輸入しないで、漢字に翻訳すると、連想の輪は広がる〉、〈わたしなりの「和語」で、異国を語ってみたい〉と発言している（「新刊ニュース」00・5）。紅茶やウイキョウ、ヒナギクなどのハーブティ、出涸らしのティーバッグ。作品中では変換されていないが、〈ウイキョウ〉も「茴香」、ヒナギクは「雛菊」とすればかなり雰囲気が変わる。ティーバッグはさしずめ「茶袋」となるだろうか。

手紙は本来、封筒という袋に包まれている。ハンナの場合は茶袋《ティーバッグ》で染めた葉書なのだが。ティーバッグが〈わたし〉を包みこむとするならば、秘密の手紙はハンナと〈わたし〉を包み込む。ハンナは〈わたし〉宛てに投函する。〈死人の髪を刈り取れ。〉は、推理小説の中から書き写された言葉だったが、この言葉をハンナは〈わたし〉に投げかけることで、〈わたし〉を揺さぶるのだ。

川上弘美は〈多和田葉子の小説のうしろには、つねにくすくす笑う声が聞こえている〉と述べる。確かに「ヒナギクのお茶の場合」は、どこかしら底知れぬ可笑しさがある。川上は続けて言う。〈くすくす。笑っているのは、作者ではない。読者でもない。では言葉たちか。そうでもないだろう。文章のうしろだか横だかにある空間にどこから届いてくるのかわからないくすくす笑いが、ただ響いているのである〉（『ヒナギクのお茶の場合』書評、「朝日新聞」00・4・30）と。

〈わたし〉とハンナの親交は、作家嫌いのはずのハンナから仕掛けられた。〈「これからそちらに遊びにうかがってもよろしいですか?」ハンナはふざけてわざと丁寧な言い方をした。今にも笑い出しそうな声だった。今にも泣き出しそうな声だった〉。ここでは、〈笑う〉と〈泣く〉が並列される。私（山﨑）は川上の言う〈クスクス笑い〉が怖い。〈わたし〉と〈ハンナ〉は、二人でクスクス笑ってそうで、泣いていそうでもある。二人が交わしているかのような秘密の手紙のいざこざは日増しに激しくなっていきそうで、緊張してしまうのだ。この緊張感は多和田葉子の朗読会（於・札幌）を聞きに行ったときに感じたそれを思い起こさせる。

ことばを音に出して読む。高橋アキのジャズピアノとともに詩を読む。目で追う活字の詩とは異なり、風船のように膨らんだり、縮んで皺くちゃに丸まったり、ナイフのように突き刺さったり、殺人事件を報道しているのに感情を抑制して沈着冷静に伝えることだけが目的のNHKラジオから流れてくるアナウンサーの声のように不気味だったり、多和田の体から発せられる言葉は、変幻自在に姿を変えて迫ってくる。

ピアノを自在に操る天才ピアニストが奏でる音も、多和田葉子が朗読する詩と組み合わさると、伴奏でもなくピアノ演奏会でもなく、二者とも主人公を主張することを一歩も譲らずに、それでいて反目しあうのでもなく相乗効果となって怖さが倍化される。まるで「ヒナギクのお茶の場合」の〈わたし〉と〈ハンナ〉のように。「ばかなこと言わないでね。」「それがどうしたって言うのさ。」というハンナの言葉が聞こえてきそうだ。

（札幌大学助教授）

注　中国語の翻訳は趙夢雲氏（東大阪大学短期大学部教授）による。

母語をさかのぼる——「目星の花ちろめいて」の試み——

畠中美菜子

多和田葉子作品の特色は、何といっても奔放でスマートにくりひろげられる想像世界と言葉へのあくことのない関心・戯れだろう。そして彼女の創作活動の基盤には、ドイツ・ハンブルクに住みながら日本語と向き合うという、緊張感あふれる状況がある。

この「目星の花ちろめいて」は、四つの小品から構成されているが、表題を見ても、また各小品に付された題を見ても、作者の新しい試みが感じられる。現代では聞きなれない「あやめびと」「むかしびと」「わたりびと」「ほかひびと」というひらがなで表記された大和言葉をあえて用いて、ある種の効果を生み出している。空間的にさまざまな次元へ飛翔することの得意なこの作家が、ここでは母語を時間的にさかのぼってみようとしているのである。表題だけではない。文中にもそのような言葉が意識的にちりばめられている。

この小品群は、一九九九年九月四日から二五日の四週にわたって「朝日新聞」に掲載され、『ヒナギクのお茶の場合』（新潮社、00・3）に収められた。では一つずつ眺めてみよう。

最初の「あやめびと」。そのプロローグともいえる部分に、すでに「むかしことば」が多用されている。〈しぐれごこちの空〉〈通りのそそめき〉〈鼠めずる緑の髪の若者たち〉〈みづみづとして〉〈つれづれのながめ〉〈雅やかな犬〉〈傾城のようでなまめかしい〉など。この語法は次の節にも引き継がれる。〈おそろしげなる男〉〈いぶかしげな目がふいにたゆんで〉〈いと怪しく稀有の事〉と。言葉だけではない。文体に散見する体言止めは、何をねらったものだろうか。これは四篇全部にかなり多くみられる特徴である。〈通りのそそめき〉とはもちろん通りのさざめきのこと。「そそめき」の語はかの『枕草子』の第五三段に見えているし、「なまめかしきもの」(第八五段)「恐ろしげなるもの」(第一四二段)は、それぞれこの古典でテーマとして掲げられている。〈みづみづとして〉は、文脈からして、瑞々しい、つまり生気にみちているという形容だと思われる。

比較的新しいエッセイ集『エクソフォニー──母語の外へ出る旅』(岩波書店、03・8)は、多和田の小説の、想像力あふれる思いがけない話の展開とは違って、たいへん分かりやすくその仕事場を解きあかしてくれる。読者は、小説のヒントとなる文章にそこここで出会う。その中で例えば著者は現代日本語にはあまりに漢字とカタカナが多すぎる。むしろその現実を逆手にとって日本語を活性化するしかないと言う。(六二─六四ページ)また『枕草子』への言及も複数ある。清少納言の形容詞の〈知的、感覚的繊細さ〉を喜び、〈人間の神経に寄り添うような形容詞一つ一つのまわりに映像を集めていくのが枕草子的な発想〉と述べている。(一〇七ページ)

さて本題の小説にもどろう。本屋で一人店番をしていた〈わたし〉は、なぞめいた客の行動をいぶかしく思う。ところが一年後〈わたし〉に刑務所から一通の手紙が舞い込む。あの男は警察に追われて本屋に飛び込んだ殺人犯、つまり人を「あやめた」「あやめびと」だったのである。独房で本の楽しさに目覚め、面会に来てほしいという。読者の好奇心をさらりとかわす結末は、いかにもこの作家好みだ。いたずらっぽい作者の笑みが見えてきそうだ。

第二話の「むかしびと」。この言葉はあの「むかし男ありけり」で有名な『伊勢物語』の第一ページに出ている。この小品では多和田本来の奇妙なイマジネーションの世界が提示される。港町ハンブルクを舞台にした現実味を感じさせる背景。通訳を頼まれた〈わたし〉も作者に近い人物として読者は納得し、話に引き込まれる。ところが登場する日本人の機械技師は、第二次世界大戦中に働き盛りだったことを思わせる〈むかしびと〉。現実と幻とが交錯する多和田葉子の世界である。ここで技師が修理する機械の説明をする理解不能の言葉には「空間と時間」という座標軸が含まれている。言葉の領域で、母語からの空間的脱出だけでなく、母語の中で時間的にさかのぼるというこの作品の試みが示唆されているようにも思われる。この小品の中でも体言止めの文章が目立つ。ここにはさらに言葉の注目すべき使い方が見られる。〈クレーンは鉄蟹の鋏、甲羅虫車のせわしげな動き〉とか〈絶え間なく巨人槌の地を打つ音〉といった日本語としては見たこともないような漢字造語が使われているのである。〈鉄蟹〉はドイツ語の Eisenkrebs の、〈甲羅虫車〉は Käfer の、〈巨人槌〉はおそらく Riesenhammer の意識的な直訳語であろう。作者は言葉遊びをこの形でも行なっており、ドイツ語からの連想と視覚的なイメージの組み合わせが新しい言葉をつくり出している。まさに二つの言語が刺激しあっているのだ。〈錆びかけた船の腹から妙に鮮やかに語りかけてくる漢字。〉という文章が同じ箇所にはさまれていることも、ひとつのヒントだろう。

第三話は〈わたりびと〉と題されている。ある学会の受け付けのアルバイトを引き受けた〈わたし〉が出会ったのは、おかしくも魅力ある男。親友にだけ語ったというその波瀾万丈の経歴は、新聞の彼の死亡記事によって、まったく偽物であることが暴かれる。記事によれば、その男は〈ハンガリーを代表する亡命詩人〉であった。しかし、これさえも作り話かもしれず、〈彼の死も又、作り話であってほしい〉と結ばれる。きわめてありそうな設定のストーリーのどんでん返し。何が真実なのか分からない、そう作者は言いたいのだろうか。〈わたりびと〉とは、「あちこち放浪して歩く人」の他に「外国から渡ってきた人」をも意味する。ドイツに住んで二十二年になる多和田葉子自身、まぎれもない「わたりびと」であり、現実世界と言葉で紡がれる想像世界の間の往来を、身をもって体験し続けるという意味でも、彼女は「わたりびと」なのかもしれない。

最後のエピソードの題の〈ほかひびと〉という古語には旧かなづかいをあえて使っている。この言葉を使いたいために構成された話のようにさえ思われてくる。『広辞苑』によれば「ほがい」とは「祝い」「ことほぎ」のことであり、「ほがいびと」を漢字で書くなら「乞児」であって、「人の門戸に立ち寿言《ほがいごと》を唱えて回る芸人。物もらい。こじき」のこととある。『万葉集』にすでに見えているという。この題の由来は、物語の結末に来てはじめてわかる。〈わたし〉がアルバイトをしていた家具の輸出会社の注文発注課では、課長のホッカー（ドイツ語でスツールの意）氏をはじめ、この課にいる人物は皆ドイツ語で家具の名前を与えられている。コモーデ（箪笥）夫人、ゼッセル（ひじ掛け椅子）夫人、シュランク（戸棚）嬢、エスティッシュ（食卓）氏というように。しかし日本の読者は、そんなドイツ語の意味など分からないのが普通だし、分かる必要もない。いわば作者が隠し絵のようにしてひそかに楽しんでいるのであり、分かってみれば何かメルヘン的な面白さも加わってくるという仕掛けである。課長のホッカー氏がこの短い話の主人公。〈ひが者〉（変人）と奥さんに呼ばれるこの男の奇妙な生態は、中段冒頭の街の描写が現実のハンブルクを彷彿とさせるだけに実在感がある。〈星形堡塁駅〉はシュテルンシャンツェ駅をわざと日本語にしてみせたものだし、〈ドンナーケバッブの香り〉とは、おそらくシシカバブ（羊肉の串焼き）に似たトルコ料理のにおいだろう。このオムニバス形式の（もとは新聞掲載の）作品全体の題である「目星の花ちろめいて」は、この第四話の最終行に現れる。ホッカー氏が目尻に星形の傷をもつ人であるという布石があって、この表現が生きるわけである。「ちろめいて」とは「ちらちら揺れて」の意味。

このエッセイで、私は多和田葉子の言葉へのこだわりを強調しすぎたかもしれない。しかし、〈小説にもいろいろな意味で言葉そのものの快楽がなければ困る〉（『エクソフォニー』最終ページ）というこの作家の基本姿勢が、この作品に実によく表れていることは間違いない。四篇とも軽やかで楽しく読める短編である。

（東北大学名誉教授）

「所有者のパスワード」――〈ピザ饅〉を食べる女子高生――久保田裕子

「所有者のパスワード」とは、特定のコンピューターの所有者のみが保持する、特権的なアクセス権の謂いである。パスワードを持たない者は、コンピューターのシステムへ参入することは出来ないが、パスワードさえあれば、誰でも使用可能であるという交換可能な性格を持つ。「所有者のパスワード」(「新潮」00・1)では、文学史的教養というパスワードを持たないまま《日本文学》の世界に侵入しようとする女子高校生の読書遍歴と、それが彼女を取り囲む現実世界の上に巻き起こす冒険譚である。同時にユーモラスな装いの背後には、かつて《日本文学》に描かれた世界とは隔絶してしまい、ピザも肉饅も一緒くたにして融合させ、既にそのオリジナルな起源を失った〈ピザ饅〉のごときものを貪欲に消費する現代の日本社会への批評的なまなざしが見出せる。

東京都内の住宅地に住む木肌姫子は平均的な生活を送る高校生であるが、〈ひとつだけ変わっている〉点は、〈暇さえあれば本を読んでいる〉ことであった。当初は〈漫画〉の愛読者であったが、〈ジュニア小説〉へと読書領域を移行させる。読書経験を積んで自ずと文学的価値を知るようになったからではなく、漢字の分量が多いため、一冊を読了するのに時間がかかるという〈経済的な理由〉を重んじたからだ。当然彼女の中では、小説／ジュニア小説／漫画といった、サブカルチャーを純文学の下位に置くような既成の権威の序列は存在しない。

しかしたくさんの本を読みたいという姫子の欲望を刺激したのは、漫画やジュニア小説では、すぐに先の展開がわかってしまうからでもあった。通俗的な作品は読者の期待の地平の通りに展開するが、姫子の〈本を頭の中で漫画化する作業〉の腕は〈なかなかのもの〉であるということは、彼女が紋切型の物語のパターンを知悉している熟練した読者であったことを示唆している。さらに文字から映像への転換が、言い換えれば言葉と意味内容との関係が一対一対応の関係にあり、ずれや偏差が生じる余地がないため、速読が可能だったとも言える。彼女が次第に漫画やジュニア小説に飽き足らなくなっていったのは、そこに描かれた〈マネキン人形の手〉のような粗雑な通俗性やリアリティのなさに気付いたからであろう。読書行為の現場において出会った言葉に驚き、疑問を一つ一つ手探りで模索しているという点において、彼女はむしろ外国人読者の立場に近い。

姫子は永井荷風の名前も知らず、『濹東綺譚』に関する予備知識もない。その作品世界は未知の領域であり、〈霧のかかった山道を手探りで歩いて進むように我慢して読み進んでいく〉。〈筋のよく理解できない話〉を読むという難行を支えるのは意味内容そのものへの興味ではなく、〈張交〉〈狎れ暱しむ〉といった、漢字そのものの孕むエロスに魅了されたからだ。『濹東綺譚』に描かれる玉の井の世界は姫子の生活圏とは全く異質な〈エキゾチックな世界〉であり、現代日本の生活からは断絶しているという点で、既に昭和十二年の世界は異文化の領域にある。これは姫子だけが物知らずなわけではなく、今野という隣の席の男子もコンピューターのことには詳しい〈オタク〉であるが、活動写真の意味を知らない。無知から来る姫子の頓珍漢な反応を笑うことはたやすいが、日本人であっても、伝統的な《日本文学》を自明なものとして理解できるとは限らないのだ。

そして作品の背景についての知識・教養は、必ずしもよい読者たる条件ではない。異国に到着したばかりの外国人と同様に、既成の知的権威への信仰を持たない姫子は、『スノーランド』の日英対訳本を読み、〈あまりにも漫画的〉と一蹴する。一方で彼女は『濹東綺譚』の中の〈艶かしい〉〈長襦袢〉という未知の言葉に出会い、意味を知らなくても、言葉そのものの官能に〈刺激〉を受け〈肌の裏側が怪しく震え始める〉のを覚える。

ところで姫子に付与された女子高生という記号は、性的存在でありつつ同時に性的な禁忌の対象でもあるという両義性を持ち、男性の側の屈折した欲望がまとわりついている。姫子という名前は、いかにも古風な大和撫子風の命名であるが、彼女は表象としての女子高生にふさわしく援助交際をすることになる。しかし未知の男性とホテルに行く彼女は、現代に生きる女子高生としてはいかにも無防備ではないか。

しかし性を媒介とした男女の出会いと深入りの過程が、その作法を知らない者には全く不可解であるという点において、援助交際の世界も、『濹東綺譚』や『雪国』と同様である。特定の文化の中の自明の意味を知らず、いわば特権的な者のみが保持するパスワードを持たない姫子にとって、大江とお雪、島村と駒子の関係も不可解なものに映ってしまう。それは彼女自身が《日本文学》の文学的知識やその歴史的背景と断絶しているからであるが、翻って言えば、日本近代文学の《名作》に描かれてきた《恋愛》の多くが、商品化された性を基盤としていることが逆照射される。『濹東綺譚』『雪国』では、共に性の商品化が美学化されているが、遊郭や花柳界における文化を共有していない者にとっては不可解な世界である。ここに特定の読者共同体の内部へと向けて書かれた作品であるという《日本文学》の特質が見え始める。

多様な文化と言語が混在しているグローバルな世界にあっては、一つの言語や文化に通暁して唯一絶対の正しい理解に到達するのではなく、むしろ異文化に接するときのように言葉が理解できない状態そのものに新たな可能性が見出せる。例えば多和田は、〈何かふたつの言語の間に存在する〈溝〉のようなものを発見して、その溝の中に暮らしてみたいと漠然と思っていた〉（「〈生い立ち〉という虚構」「文学界」93・3）と述べているが、これは母語と外国語という関係だけではなく、異なる言語システムの狭間に身を置く状態と言い換えてもよい。〈自分のよく知っている世界を離れて、未知の世界に迷い込んでしまう――そんな体験が私の文学の根底にはあるような気がする。それは何も、外国へ行くことでなくてもいい〉（「病院という異国への旅」「看護」93・5）と述べているが、このような場所に晒されることによって初めて日本語のシステムが見え始めてくる。

そして姫子は言葉そのものの胚胎するエロスに導かれるまま、小説の中の言葉を愚直なまでに実践する、滑稽ではあるが真摯な読者である。しかし近代小説を模倣する彼女の振る舞いや言動は、現代社会のそれとは意味のコードが異なっているため、〈駆け落ち〉を試みて相手に逃げ出されたりする。ここでは言葉はずれや偏差を含んでいるためにコミュニケーションの手段としては機能していない。しかし彼女は異物としての言葉に出会い、伝達がうまくいかない状態に身を任せて、意味から解放された複数の言葉の共存と歪みを夢中で楽しんでいる。その点で、自分自身の裡でしか通用しない〈マッキントッシュ語〉の中で自閉する中年男と姫子は異なっている。

芳川泰久は多和田の作品が〈なんらかのかたちで共同体を反映し、共同体を前提とし、共同体を補強するような物語の拒否〉（「〈国境機械〉について―多和田葉子の“国境地帯”の歩き方」「現代詩手帖」97・5）の上に成り立っていると指摘しているが、「所有者のパスワード」においても、姫子にとって言葉との出会いが驚きを以て未知の世界と対峙する経験として描かれている。その点で彼女は無意識のうちに〈想像の共同体〉（「〈国境機械〉について」）へと回収されることを拒否する批評的な存在たり得ている。しかし姫子が生きる現代日本社会は、〈ピザ饅〉のごとく複数の文化がその起源を消滅させたまま交錯している。そこでは「かかとを失くして」（「群像」91・6）におけるように、異文化の中に放り出され、了解不能の他者に囲まれて自分の無知を恐れたり、不安と挫折に脅かされることもない。無邪気な姫子は、異質な外部の世界から遮断されて自足している社会の落とし子であると言える。

（福岡教育大学助教授）

「光とゼラチンのライプチッヒ」――越境する旅行者の〈物語〉――岩崎文人

創作集『光とゼラチンのライプチッヒ』（00・8）は、「盗み読み」から「光とゼラチンのライプチッヒ」までの一〇の短篇が収められた、多様な文学的手法に充ちた作品集である。がその中でも、多和田葉子の文学的資質とその方法がもっとも顕著に表れているのは、作品集の最後に収録され、作品集の標題ともなっている「光とゼラチンのライプチッヒ」であろう。

タイトルに使われているゼラチンは、感光物質としてのハロゲン化銀の結合剤として用いられるもので、十年前に日本を離れドイツにやってきた〈私〉が、ゼラチンを使用する印刷機の〈アイデア〉を売りに〈西〉側ベルリンから〈東〉側ライプチッヒに向かう、というのが「光とゼラチンのライプチッヒ」の骨格である。が、それがどのようなものであるかは、むろんこの短篇の眼目にはない。ただ、〈ゼラチンの特色は、湿り方によって光を通す度合いが異なってくる〉、〈ゼラチンを塗ったガラス板に正面からぴったり体をくっつけて立つと、目や口のところは湿っているからゼラチンが変質して光を通〉すといった説明が、〈アイデアを盗み、商売の邪魔をしようと企んでいる〉〈企業スパイ〉（と〈私〉が思っている男）と〈私〉との会話でなされるだけである。が、短編終末部に布置された〈時々はっとする言葉があると、喉が少しだけ湿って、そこの粘膜が透き通り、光が通った気持ちがするのだった。ところが、その同じ言葉をもう一度繰り返すともう湿らず、そこが逆に影になって重く、私はまた別の言葉を捜さなければ前へ進めなくなった〉といった文章等に止目すると、〈光とゼラチン〉の含意するものが自ずと鮮明になってくる。つまり、ひとつの言葉が浮上し像を結ぶそのプロセスとゼラチンの湿りに応じて光が通過するそれとが重ねられているのである。

一見統一性に欠けるとも思える短編の集積である創作集『光とゼラチンのライプチッヒ』の底部を流れる水脈は、「光とゼラチンのライプチッヒ」に鮮鋭に現出するこの作者の言葉へのこだわり・関心である。

たとえば、「盗み読み」の〈わたし〉は旅の途中で眼にし、耳にした数々の言葉の用法にこだわり、助数詞、同音異義語に関心を寄せる。「チャンティエン橋の手前で」では音韻から連想される語が気になる主人公が描出される。あるいはまた、象徴的といってもよい二作品がある。「胞子」の〈私〉は、〈漢和辞典がもし一冊でもあったら〉、〈たとえもう一生外出してはいけないと言われてもいい、私有物を禁止されてもいい〉と思う人物であり、「砂漠の歓楽街」の主人公は、名前の分からない物の名前を調べようにも、越してきた街のどこで辞書を買えばいいのか、目にしたこともない、とわざわざ言明してもいるのだ。

がしかし、多和田葉子の言葉への関心は、物と言葉との対応そのものにあるのではない。

ドイツに在住し、作家的出発期からドイツ語と日本語とで作品を発表しつづけている多和田葉子は、よく、ドイツ人として書いているのか、日本人として書いているのか、という問いを受け、とまどうことがあるという。〈「どこの国の人間として」というような感覚はわたしにはよく分からない〉と記したうえで多和田葉子は次のように言う。

それに、わたしはたくさんの言語を学習するということ自体にはそれほど興味がない。言葉そのものよりも二ヶ国語の間の狭間そのものが大切であるような気がする。わたしはA語でもB語でも書く作家になりたいのではなく、むしろA語とB語の間に、詩的な峡谷を見つけて落ちて行きたいのかもしれない。（「ロサンジェルス」／『エクソフォニー　母語の外へ出る旅』）

「光とゼラチンのライプチッヒ」の主要な舞台が、税関と幻視されたベルリンの地下鉄の改札とライプチッヒに向かう国境地帯であることも、このような発言を視野に入れて考えれば、充分首肯できるであろう。

この短篇は、〈私〉がベルリンの地下鉄の改札を税関と錯誤・錯覚するところから始まる。もっとも、始まると言ってもこの錯誤・錯覚はこの短篇のほとんど半ばを占め、通常の、リアリズム小説になじんだ読者が期待する整然とした結構が用意されているというわけではない。錯誤・錯覚そのものが主要なモチーフとなっている、といってもよい。とはいえ、この短篇がはじめから幻想的文脈に支配されているかと言えば、事情はむしろ逆である。短篇の冒頭部は、映像的とでも言いうる、執拗で精妙な写実的手法によって始められる。

が、オレンジ色の作業服の男が床の一部に生えてきたヒゲを刈り始めるにいたって、この短篇は一気に写実の境域を超えることになる。ヒゲを刈っていた男にインテリ風の若い男が近づく。ふたりは電気カミソリで顔を剃りあい、のっぺらぼうになってしまう。ふたりが消えてしまったとき、〈私〉は、自分が立っているのが税関の前ではなく、ベルリンの、使われなくなった地下鉄の改札の前であることに気づく。税関は、〈あちらからこちらへ来る人〉と〈こちらからあちらへ向かう人〉とが交錯する場所であり、言語と言語とが交差する狭間である。地下鉄の改札も、やはり〈こちら側〉と〈あちら側〉の行き交う空間・場所である。

創作集『光とゼラチンのライプチッヒ』の多くが、たとえば最初に収録されている「盗み読み」をはじめとして、「砂漠の歓楽街」も「チャンティエン橋の手前で」も、あるいはここで、旅（移動）そのものが主題となった『容疑者の夜行列車』を想起してもよいが、ともに越境していく旅行者を主人公としている。こうしたありようは、おそらく、次のような作者の思念に由来する。

昔なら、数年ごとに住む場所を変えるような人間は、「どこにも場所がない」、「どこにも所属しない」、「流れ者」などと言われ、同情を呼び起こした。今の時代は、人間が移動している方が普通になってきた。どこにも居場所がないのではなく、どこへ行っても深く眠れる厚いまぶたと、いろいろな味のわかる舌と、どこへ行っても焦点をあわせることのできる複眼を持つことの方が大切なのではないか。あらかじめ用意されている共同体にはロクなものがない。暮らすということは、その場で、自分たちで、言葉の力を借りて、新しい共同体を作るということなのだと思いたい。（同右）

冷戦という枠組みが効力を失い、自由主義経済の膨張に伴うグローバル化により、強固に存在した国境そのものが無化されつつある。多和田葉子の出現はこうした世界情勢の動向とけっして無縁ではない。多和田葉子が紡ぐ文学の根幹に位置するのは、越境していく旅行者の〈物語〉であるが、重要なのは、言語帝国主義的言葉のグローバル化と多和田の文学が対極にあるということである。多和田葉子は、〈エクソフォン（注・母語の外に出た状態）な作家〉として、あたかもゼラチンの一部を通して光が浮き上がる（通過する）ように、邂逅した〈言語の中に潜在しながらまだ誰も見たことのない姿を引き出し〉（「ダカール」／『エクソフォニー 母語の外へ出る旅』）、その言語を文学的言語に昇華し、独自の文学を産み出そうとしているのである。

地下鉄の改札を〈あちらからこちらへ来る人〉と〈こちらからあちらへ向かう人〉とが行き交う税関と錯覚・錯誤する〈私〉、あちら側とこちら側の交差する国境地帯、言語と言語とが交差する狭間を彷徨する〈私〉を描出した「光とゼラチンのライプチッヒ」は、くしくも、多和田葉子の文学的思念・方法そのものを表象する〈物語〉でもある。

（広島大学大学院教授）

「盗み読み」──意識のたがはずし──

阿毛久芳

まず「盗み読み」の梗概を書いてみたい。この小説の奇想天外度はそうでもしないと伝わらないように思える。──オートバイに引かれたリヤカーからわたしは飛び降り〈その土地〉に着く。橋を渡り、横道を右に曲ると、いきなりコンピューター会社の事務所の中に入っていた。部屋にいた年上の男が、女の裸体が写った〈原稿用紙と同じ大きさのカラー写真〉を見て、「君は女が書けてないよ。」「こんなものが後ろから見えるわけがないだろう。」と年下の男に文句を言い、尻の曲線の間から見える陰唇を消しゴムで消そうとしている。わたしは写真なのになぜ「書けてない」というのか不思議に思う。年上の男に「見える人、たくさんいますよ。」というと、「おまえなんかに何が分かる。」と怒鳴られた。わたしは何の旅か、女性として旅に出たのか、男性としてなのか、分からなくなってしまう。しかしどちらであろうと、女性の陰唇が人によっては後ろから充分見えるものだという事実に変わりはない。写真の赤く熟れた部分は、男がこすればこするほど大きくなる。先生は怖がっているのだろうが、「わたしは見ているだけでなんだかすごく安心します」と言ってやる。

マイクを手にした三十代半ばの男にフェミニズムの立場の発言かなどと聞かれるが、陰唇の拡大写真を、全国のキオスクで販売すべきです、と言ったところ録音機のスイッチは切られていた。

六十くらいの金魚売りの男に会う。水槽には朱色の金魚と紙のドラえもんのきせかえ人形も泳いでいる。わたしは金魚すくいがしたいが、すくえば金魚は紙になってしまうので、悲しくて遊ぶ気にならない。金魚売りの男は、「これでは健全な読者には納得してもらえないよな。」とつぶやく。金魚を買う人を〈読者〉と呼ぶのかと妙に思うが、何をしても誰でも読者なのだと納得する。好きなことをして生きればいいじゃないですか、と勇気づけるが、男は迷っている。旅行者は人を説得しようなんて考えない方がいい。金魚売りはわたしの鞄を電信柱にくくりつけ、子供のことを持ち出してわたしの欠点を探そうとするので、最新技術の話をすると、人間なら必ずある人生に対する迷いの感じが出てないのは、真のハイテクではない、と馬鹿にした口調で言う。わたしは迷いなんてどうでもいい、なるようにしかならないと覚悟してやっていると、言い返す。金魚売りは、そういうのは作られた感じでリアリティがない、と不愉快そうに立ち上がった。水の中でドラえもんがにっこり笑った。「ハイテクは人の心の迷いに連れ添って進むわけですね。」というと、鞄が返ってきたので、わたしは足早に去った。

〈学習塾〉の看板のかかった二階建ての建物の前のベンチに、アイスクリームを食べている少年がいる。カップの銀色のラベルには〈百万部突破〉と書いてある。わたしが「まるでベストセラーね。」と言うと、「石の上にも三年、の逆の意味の諺は何だろうと。」と独り言をいう。〈学習塾〉から出てきた少年のひとりから「ださいな。」と言われ、運動靴のかかとを蹴られた少年を、可愛そうに思って隣に腰をおろしたが、少年は何も言わず行ってしまった。〈学習塾〉の窓から首を出していた太い黒いフレームの眼鏡をかけた若い男が、アイスクリームに付いていた血を、女性の肉体への暴力の痕跡として読めるが、今の時代に急に話題にするのは退屈なので、血痕には暴力以上の混沌とした何かがあると思いたい。だから糾弾してはいけない、と言う。これは乳歯が抜けた時の血ではないか、とわたしが言うと、眼鏡は不機嫌そうだった。建物の中に入ると、スリッパには〈総合病院〉の字が入っている。窓口で「乳歯の件で。」と言うと、「ニュウシは大学入試ですか、それとも高校?」と聞かれた。

軍人みたいな歩き方をして、正面階段を背広姿の男たちが数人下りてくる。お客さんは敵ではないが、背後にある敵を常に想定しなければならない。金銭的に充実してもらい、外部から攻撃にあった時に、体を張って防衛線になって守ってくだされぱいい。その場合はクレジット・カードがお得です、などと男たちは言う。今、貯金が増え過ぎて、寝不足になりがちなので漢方で治して、将来のことはそれから考えたいと答えたが、「ぎりぎりの状態で頑張っていただければ、芸術家の美しさが生まれると思います。」「女性の美しさで充分だよ。」「やっぱり近くにある女性をしっかり握っておかないと駄目なんだ。」「女性は小さなほころびに過ぎないが、そこから衣装全体がほどけてしまうことがある。」「女性なんて関係ない。アジア諸国の問題をどうにかしなければならない。」「若い奴らには女性に譬えて政治を理解させるのが一番だ。」……などと言い合っている。わたしは殺される危険を感じながら、包装紙の話を出し、「女性のことなど忘れてしまった方がいい。そちらの方に力を入れた方が成功の確率は高い。国を包んで守り、商品を包んで売りまくる。」と言うと、「裸で鍛えた男の筋肉は包装紙なんか必要としない。日本国は強姦されて女になった。また男にならなければいけない。」と動じない男がいた。「それならば男になって、別の美しい男の筋肉と抱き合ってください。わたしは美とは関係のない者ですので、失礼いたします。」といって、飛び出した。男たちは追いかけてくる。わたしは「桃!」とか「櫛!」とか叫ぶ。男たちはその言葉につまずき、転ぶものもいた。逃げながら遠方の親友に翌日、手紙を書こうと思った。——

〈わたし〉はまるで原稿用紙の中を移動して男たちに出会っているみたいだ。そもそもなぜ「盗み読み」なのか？　広辞苑には「①他人あての手紙などをひそかに読むこと。②他人の読んでいるものを側からこっそり読むこと。③人目にかくれて読むこと。」とある。この小説の末尾、「翌日、手紙を書こうと思った。」……という遠方の親友にその後書いた報告の手紙を、今、盗み読んでいる……ということだとすると読者は①の行為をしていることになる。また、小説中に出てくる写真に写った女の裸体に見える陰唇や水槽の中の紙でできたドラえもんの着せ替え人形、カップのアイスクリームに付いていた赤い血液は、〈わたし〉が盗み読みしたものと考えれば、②の行為ということになる。写真なのになぜ「書けてない」というのか不思議に思ったり、金魚を買う人を〈読者〉と呼ぶのを妙に思ったり、カップに百万部突破と書いてあるのを「まるでベストセラーね。」と言ったりするのは、本の範疇を越境した本の暗示といえる。まずは意識のたがははずさなければならない。血痕と結婚、乳歯と入試という同音異義語もたががはずれるように作用する。――そういう観点からするとこの小説に登場する男たちはたがにがっちり縛られているし、抑圧的だ。女性の陰唇を消そうとする男は、女性を神聖化するパラノイア状態にあるし、金魚売りの男は健全な読者にとらわれ、人間にある人生の迷いにこそリアリティがあると思い込んでいる。眼鏡の男は、乳歯が抜けたときの血を、女性への暴力の痕跡だが、暴力以上の混沌とした何かだとか言って、自分の文脈の中で虚像化させるし、軍人みたいな歩き方をする背広姿の男たちが要求するのは、売れる本を書いて自分たちを防御してほしいということだけで、女性をあくまでも道具や手段としてしか考えていない。鍛えた美しい裸が一番だとして包装紙の提案に動じなかった男は、戦後の日本を否定する三島由紀夫のパロディだ。「わたしは美とは関係のない者です」という言い返しは、強烈な批評性を持つ。見えるものは見えるのであり、見えなくしているフレームを破壊する言辞を〈わたし〉は一貫して投げつけている。そもそもこの〈わたし〉は、女性なのか、男性なのか、という問いを発すると、どちらでも読めるようになっているし、そんなことを考えなくてもいい視野から洞察する人になっている。……そのような意図を盗み読むのもこの小説の密かな愉楽だ。

（都留文科大学教授）

「裸足の拝観者」——穴に踊る、まなざしの身体——野口哲也

一九八二年、ハンブルグに着いたわたしは、透き通るほどすり減った運動靴を履いていたことを今でも覚えている。卒論を提出した日に、高田馬場で五百円で買った白い運動靴が、インドを歩き、ユーゴスラビアを歩いているうちに擦り切れ、ドイツに着いた頃には足の皮膚のようになっていた。それに比べて、ドイツ人はみな、どっしりした靴で足を守っていた。わたしは、不安な気持ちで生活を始めた。(「すべって、ころんで、かかとがとれた」『カタコトのうわごと』所収)

靴を失くして途方に暮れる〈わたし〉の姿は、多和田葉子の作家的出発として、既に語られていた。それは決して他から押しつけられたわけではなく、また自ら選びとったものでもないが、「裸足の拝観者」で〈帰れなくなった〉不安は、〈靴を脱いでしまったほうが、心が落ち着く〉として受け入れられている。これは日本語にもドイツ語にも安住せず、異郷における〈わたし〉の言葉や身体を提示しつづけてきた作家の一貫した態度である。『光とゼラチンのライプチッヒ』に収められた作品群は、早くから〈観光小説〉という枠組みで読まれているが、その〈観光〉はエキゾチックな居心地のよさを保証するものではないし、ノスタルジックな回想を促すわけでもない。たとえばそれは、〈いつも自分の故郷に向かって語りかけているから帰れる〉と考える者とは全く違うところに自分を連れて行くようなことだ。多和田自身、インタビューに答えて次のように語っている。

観光客は国籍を問わず行動パターンや物の見方が似ている。それは自分を確認して安心したいということで、本当の自分探しなどというのはウソ。本物の旅とは異なる。とすれば、観光客の枠組みを演じているうちに逆に見えてくるものがあるはず。すぐに役立つことを引き出すのではなく、固定していた視界が開けるのがおもしろい（「朝日新聞（夕刊）」00・9・19）

「わたしはドイツにいる必然性はまったくない」とも語る多和田が描く〈観光小説〉においても、異郷と故郷（外国語と日本語）は〈わたし〉という身体に対する必然性を欠いたものとして問い直され、その間の〈溝〉こそが引き受けられるはずだ。では「裸の拝観者」の〈わたし〉の目に見えてきたものとはなにか。

〈枯山水の石庭を素足で踏んで歩くのが昔からのわたしの夢だった〉と語り、〈絵ハガキ〉を眺めるその視線の在り様は確かに〈観光客の枠組み〉を形成している。本堂での〈わたし〉は、〈信仰を求めていた〉わけではなく〈ただ仏像たちのカオを見たいというだけ〉であること、〈何かをつかむつもりなど〉なく〈他人の書いた字を写すのが好きという、ただそれだけ〉であることを明かす。〈わたし〉は明確な「意味」への探求をあらかじめ放棄し、さらには終着点や始発点さえ持たないまま、しかし純粋に〈形〉に対する好奇心を持った自在なまなざしとして〈ふらりと〉この寺にやってきていると言える。何しろ〈わたし〉にあっては、頭に浮かんだ考えまでもが〈ころんと球にな〉ってしまうのだ。まずはここに、〈丸い額に入れられた風景〉から切り離された〈自分〉という位置が与えられているといってもよいだろう。しかし〈わたし〉なる存在は、そのような空間的配置に固定されているわけではない。その視覚的想像力において、〈輪は恐ろしいけれど、靴ならば恐ろしくない〉と〈閉じられた空間〉に安心する展覧会の男のような視線は相対化され、〈輪の中の底なし闇〉が復権するのだ。風景を〈両手で作った円〉に切り取られた平面として眺める絵画的な想像力も、円を翻せば〈腹が目に〉なり、

〈腹に穴をあけ〉たようでもあり、〈腹の中をのぞいてみたら、六万体、自分と同じ人間が入っていた〉といった幻視体験へと即座に移行してしまう。そこで写経の文字や仏像の顔といった、意味のある全体性としての〈形〉が崩壊していくのは、むしろ自然なことだろう。だからこそ、主客の距離や関係を溶解させるウロボロス的幻視において見出された、増殖し循環する風景や身体が、〈凡人ならいつのまにか全部忘れてしまう〉人間本来の在り方として提示されているのだ。テクストの随所に見られる〈穴〉の喩は、それを可能にする視覚的な契機として開けられているに違いない。〈目〉は〈穴〉でもあるのだ。

〈わたし〉の想像力は、〈観光客〉的な枠組みとしてのまなざしにはじまってそれを離れていくが、その過程はすぐれて身体的な感覚として描かれている。昔と違って〈何かに目ざめることなど喜びを覚えずに、うたうたとうたたみている〉そのまぶたは次第に重くなり、目を伏せることで〈半分眠っている〉最澄や空海のような〈瞑想〉に近づいていく。彼らの絵ハガキを眺めるという行為は、視覚の〈先入観〉を消して、靴が舟になる・苔が杉になるといった大小の自在な変容を取り戻させ、相対的にそれは〈わたし〉自身の身体にも及んでいく。凝視する目ざめた視線それ自体が自然と眠りに溶け込み、原初的な身体の自由を再び獲得していく、そのような過程として〈絵ハガキ〉にはじまる幻視は描かれているのだ。

風景と身体の空間的な溶解は、同様に歪んだ時間の構造にも連関している。幻視を経て本堂を出ようとした〈わたし〉は靴が失くなっていることに気づくが、その語りは二度（ずつ）反復されている。しかし、〈秋も半ばのある日のこと〉と〈いつだったか〉という、ともに曖昧な記憶によって示される二つの時制の関係は、現在から過去を眺める回想というような単純で安定した枠組みで捉えることはできない。もちろん〈いつだったか〉の出来事は、まずは〈秋も半ばのある日のこと〉を小説の現在時として、それ以前の別な出来事として語られていると見なすことはできる。が、同時にこれは進行中の現在時から〈秋も半ばのある日のこと〉そのものを過去の出来事として指し示すことで、小説の時間を先に進ませているとも言えるだろう。つまり、現在と過去が反転し、今ここを起点とした回想という枠組みさえ壊れてしまうような地点で〈わたし〉は語っているのだ。このような矛盾した読み方が可能なのは、〈わたし〉が絵ハガキを眺める〈この寺〉で、写経をしているうちに〈靴が失くなってしまい、帰れなくなった〉と語られているからだ。靴＝舟で海を越えてやってきた〈わたし〉はだから、常態として異郷にあるのだと言わざるを得ない。たった一度の〈帰れなくなった〉出来事を語っている〈わたし〉、しかし既に見たように、「意味」に拘泥しないまなざしによってあらかじめ確固とした単数形の主体性が失効している以上、むしろそれは二つの時空を超えて、何度でも〈帰れない〉ことを経験しうる、奇妙に遍在する観光客＝拝観者の身体なのだ。

さて、〈奥の闇の中から仏の顔を取り出そう〉と〈光〉が照らされるのを待っていた〈わたし〉は、〈顔はなくて、代わりに杉の葉が後光となって視界を刺した〉のを知る。光を求めて仰ぎ見るのではなく、闇に俯くことに気づけば〈わたし〉の靴を履いて見下ろしている顔のない杉、それは再び目を開いた最澄の〈巨体〉でもあるだろう。裸足で石庭の海を歩き出した〈わたし〉の自在なまなざしは、翻ってうす暗い本堂から溜め息をつく千手観音という〈あたし〉にも転移する。〈忘れてしまう〉という否定形においていつしか身につけていた固有性を手放し、遍在する身体性を〈風景の一部〉に解き放っていく過程のひとつの帰着がここにある。そしてそれは、紙の上で文字が踊り子のように踊るという視覚体験にも共有されていたし、踊る身体は〈オドリグツの話〉にも言及されていた。枯山水／紙の上という海に〈穴〉を穿ち、靴／言葉をめぐる〈わたし〉の身体を見出しつづける闇と光の旅、それが多和田葉子における文字通りの〈観光〉である。

（東北大学大学院生）

戯曲「夜ヒカル鶴の仮面」をめぐる断章——林　廣親

多和田葉子は一九九三年の「夜ヒカル鶴の仮面」以後、小説業の傍ら戯曲執筆を続けており、最近では劇団らせん舘に書き下ろしの作品（「サンチョ・パンサ」・「粉文字ベルリン」他）を提供するなど、演劇への関心を深めつつあるようだが劇作家としての評価はまだ見さだめ難い。だからここで彼女のドラマの出発点を振り返ってみることも、なお時期遅れにはあたるまいと思う。

「夜ヒカル鶴の仮面」は、オーストリアで初演されたドイツ語による作品で、一九九六年五月号の「シアターアーツ」に、日本語版と併せた自作解説が掲載されている。それによれば〈内容的には、ひとつどうしても戯曲という形で書きたいこと〉があって、〈それは、自分の葬式のシナリオ。わたしが死んだら、わたしの死体を使ってこの戯曲を上演してください、と遺書に書こうと思った。〉のだという。そんなリアリズムは誰でも願い下げで、作者もそれは十分承知のはず。だとすれば、このブラックユーモアの背後にあるのは、戯曲のモチーフとしての遊びの精神に違いない。それにしても、この自作解説はドイツ語版にも当てはまるのだろうか。

中島裕昭氏の実に目配りのきいた作品論（注）によれば、日本語版では、「自己認識（の不可能性）というテーマ」を読者（観客）に指示するプロローグとエピローグが除かれているという。中島氏はドイツ語版と日本語版に本質的な違いはないとしておられるが、その種の変更は作品の本質に無関係とは言いきれないのではないか。始めにテーマを明かし、終わりでそれを念押しするとは？？？　ドイツ語版は、いわばタイトル付の立派な額縁に収められているので、このサービス過剰が日本語版にないのはむしろ幸いだった。それでこそ、観る（読む）甲斐もあるというもの。

さて「夜ヒカル鶴の仮面」は、通夜の物語として始まる劇である。〈姉〉の死体と〈妹〉〈弟〉〈隣人〉〈通訳〉が登場する一幕劇で、壁には〈鶴〉〈犬〉〈狐〉など七つの動物の仮面が懸けられ、途中これを着用してのやりとりによる劇中劇を挿んだ入れ子構造の構成に特徴がある。通夜の場面といえば、黒沢明監督の映画「生きる」を思い出すのだが、映画の場合、観客は死者の過去をよく承知しているので、集まった者たちの発言の当否について悩まされることはない。しかし「夜ヒカル鶴の仮面」では、観客はそうした特権的視点を持ち得ない。もっともそれは劇では普通のことで、登場人物たちの対話が、死者の人生の真相を描き出す過程で、ドラマの契機も作り出されるわけである。ところが、この戯曲の対話はむしろその逆のベクトルを与えられているようだ。登場人物達は死者の思い出を語り合うことより身の上語りに気をとられているようで、死んだ姉については、郵便配達をしていたらしい、鶴と婚姻関係を結んでいたらしい、同居していた妹と意見が合わなかったらしい、という具合にしか分からない。

劇が進むにつれ、死者の正体はかえってとらえどころが無くなる印象であり、残された者たちの間に起こるはずの通夜のドラマは行方不明になる。そして、最後には、それぞれの棺桶に入った登場人物たちを残して死体が舞台を去る。つまり通夜のドラマという了解そのものが脱構築されて終わる劇なのだ。また例えば〈姉妹が本当に姉妹だったのか、弟は本当に弟だったのか、じっさい誰にも分からないのだから〉という〈隣人〉の台詞や、〈あんたは、ここに来るのは今日が初めてなんだから。あんたは、あたしたちの弟じゃない。〉という〈妹〉の台詞もまた、観客にとっては謎めいて、人物の関係もしだいに曖昧化する。

こうした展開は、観客にとっては何とも居心地の悪いものだ。ドイツ語版の立派な額縁は、それを予想してのものかもしれない。しかし「自己認識の不可能性」がテーマなら、こんな奇妙な物語と付き合う必要もない。むろん読む人（観る人）によっては、この作品は現代的なテーマに富んでいるのだろう。異文化理解あるいは差別の問題や、異種婚姻譚、神話との交錯など、そうした要素の絡み合い自体に魅力を感じるかも知れない。〈姉さんは鼻の穴から子供を生んだことがあった。……姉さんは目の玉から子供を生んだこともあった。〉という妹の台詞から、日本人ならイザナミの神話を連想するだろうが、それが意味を結んで行くようなプロットは用意されていない。作者は観客の深刻な思い入れに応えるつもりはなさそうだ。

〈通訳〉という登場人物は、異文化理解の困難さというテーマを予想させるが、〈どうして、あなたはいつも文法的に見てあまり感心できないような文章ばかり作るのでしょうか。〉と彼が言う時、それが向けられた相手である〈弟〉の台詞に文法的な間違いが見あたらない場合、〈通訳〉の台詞をどう受け取れば好いのか。それは職業的口癖で、要は文化的な正統という観念にとりつかれたタイプの人間を揶揄するのが、〈通訳〉を配した作者の意図なのだろうか。〈隣人〉の誇張された保守性や差別主義の性格を考え合わせると、あるいはそうかも知れないと思う。しかしそれではあんまり図式的すぎないか。

ややこしいのは死んだ〈姉〉と〈妹〉・〈弟〉の関係である。〈弟〉は亀と結婚して海中の国で長い間暮らし、今は貝の女房と一緒にいて、彼女が体液で作ったスープの味の虜になっているという。これまた浦島神話や貝女房の昔話を想起させるが、要は彼が異類との関係を持った男だということに過ぎない。〈妹〉は〈弟〉に〈あんた、姉さんが死ねばいいと思っていたんだろう。〉と言われる女でありながら、ドラマの進行につれて〈姉〉との二重身を思わせる行動をする。〈姉〉はどうやら鶴と関係を持ち、〈妹〉はそれを世間からひたすら隠そうとしていたらしいのだが、当のその〈妹〉が劇中劇の合間にいくども〈（鶴のように叫ぶ）〉のである。結局、〈人殺しが死体を塩水で洗っている。頭の中がねじれてしまった男が自伝を書いている。もうひとり頭のねじれてしまったのが、それを誤訳している。〉という〈隣人〉の悲鳴が、ことの真相を告げているのかも知れない。その〈隣人〉を含めて、登場人物すべてが大きな墓穴に閉じこめられ、起きあがった〈姉〉の死体が舞台を去って幕となる。

生者と死者の立場をこともなげに入れ替えてしまうこのエピローグは、生きるにしても死ぬにしても、人間の関係は退屈で煩わしいものに過ぎないというニヒリズムを感じさせる。意味ありげな隠喩の迷路は観客のお楽しみとして、作者の秘かな楽しみは異類交渉のタブーをめぐる夢語りをほしいままにすることにあったのではないか。

（成蹊大学教授）

注　「多和田葉子の戯曲作品『夜ヒカル鶴の仮面』について」「東京学芸大学紀要　第2部門　49」（98）

『変身のためのオピウム』——華麗／加齢なる変身物語——

押山美知子

さて、『変身のためのオピウム』である。しょっぱなから何が「さて」なんだかと思われるかもしれないが、個人的にかなり好きな作品なので、どうしたって意気込んでしまって、やたらと緊張してしまう。しかも既に読んだことがある人にはお分かりいただけるかと思うが、本作品のシュールな文体は、読み手を翻弄してそれこそ狐につままれたような気分にさせるため、作品について語る取っ掛かりを見出すことさえ難しいようにも思える。人に「この本のどこが良いの」と聞かれても、「何となく」とか「全体的に雰囲気が」とか曖昧にしか答えられず、「本当に良さが分かっているの」と尋ねられればモゴモゴと口篭るしかない。私にとって『変身のためのオピウム』はそんな厄介な、それでも愛して止まない小説の一つである。

齢を重ねて少しは成長したので、小説を読むのに分かるも分からないもなく、読後の感じ方は十人十色、誤解を恐れずに自分の感じた印象を大事にすれば良いということも学んだから、ここは思い切って書き綴ってみる他無いだろう。まず、これから『変身のためのオピウム』を読もうと思っている人に強調しておきたいのは、くれぐれも途中で放り出すことなく、最後まで読みきって欲しいということである。一体何なんだ、何が言いたいんだ、と思わせる困難極まりない文章に突き当たっても、めげずに想像の翼を最大限に広げ、いっそ多和田葉子の物語世界に〈陶酔〉するくらいの気持ちで読み進んでいって貰いたい。『変身のためのオピウム』が、オウィディウスの『変身物語』を換骨奪胎しているからと言って、ギリシア神話好きの人に特にお勧めかと言うと、そういう類の作品ではないような気がするのだが、それでもやはりオウィディウスの『変身物語』の内容を多少なりとも知っている方が、より一層『変身のためのオピウム』を楽しめるであろうことは間違いない。全二十二章のそれぞれのタイトルとして掲げられ、各章のヒロインとなる女性名は皆、オウィディウスの『変身物語』に登場する女神や妖精《ニンフ》たちと同名であり、個々のヒロインには『変身物語』中のエピソードを想起させるイメージや表現が、例えば第一章「レダ」なら白鳥〈浴槽の中に羽根を広げてすわっていたのかもしれない。その羽根が浴槽の外にだらりと垂れていたかもしれない。水をはじくクリーム色の羽根を、くちばしでつくろう。〉、第三章の「ダフネ」なら樹木〈本当に白樺の木になりきって、テニスコートの隅に立ち、優雅なる奴隷たちのレクリエーションをあきれながら眺めているのが好きなのだ。〉、第九章の「イオ」なら牛〈イオはしかし自分のコップやカップの話などしない。自分が牛になってしまった夢の話もしない。〉といった具合に直接的、間接的に織り込まれているので、オウィディウスの元ネタを知っていれば多和田葉子の手によるアレンジの妙に思わずニヤリとしたり、感心したりできるはずなのである。

オウィディウスが書いた変身のモチーフを巧みに取り込み、イメージ的な重なりも随所に見られるとはいえ、『変身のためのオピウム』の中で扱われる女性たちの〝変身〟は、『変身物語』の中で描かれるそれとは明らかに質が違うものだ。芥川賞受賞作の「犬婿入り」の時から、〈みつこのからだをひっくりかえして、両方の腿を大きな手のひらで、難無く掴んで、高く持ち上げ、空中に浮いたようになった肛門を、ペロンペロンと、舐め始め〉るような〝犬男〟を書いていた多和田葉子の描く〝変身〟が、型通りであるはずもない。先に言ってしまうなら、多和田葉子が本作で描こうとした〝変身〟とは、中高年女性たちの加齢に伴う身体的変化、もっと端的に言うなら更年期女性たちの身体性であるということができるだろう。「更年期」について、『広辞苑』（第五版）に拠れば〈性成熟期から老年期への移行期。特に女性の月経周期が不規則になる頃から月経停止に至るまでの期間〉とあるが、閉経によるホルモンバランスの乱れから健康上様々な差し障りのある症状を伴う女性の更年期は、その深刻さが近年話題として取り上げられることも少なくない。閉経によって産む性としての女性という括りから外れることから、俗に「女でなくなる」というような言い方もされるが、『変身のためのオピウム』に登場する女性たちと同名の女神や妖精《ニンフ》たちは、海神グラウコスの求愛を拒んだために太陽神の娘キルケの嫉妬の対象となり、下半身を犬にされた挙句、果ては岩礁に変えられてしまったスキラしかり（第五章）、海神プロテウスの孫・ペレウスの手から逃れるため、鳥、大木、雌虎へと様々に姿を変えた海神ネレウスの娘・テティスしかり（第十章）、そのほとんどが若く美しい乙女たちであり、男神の愛の対象となり、性的侵犯を受けるが故に、嫉妬深い女神の手にかかり変身を余儀なくされるか、あるいは男神の侵入を防ぐべく、自ら姿を変えるなど、その〝変身〟は女、つまりは産む性という性的な意味付けを施された身体性を押し付けられる事態に直面したことに端を発していると言え、性的存在になった（「女になった」）女性たちの変身を描いたオウィディウスの『変身物語』と、「女でなくなった」女性たちの〝変身〟を描く多和田葉子の『変身のためのオピウム』とでは、女たちの〝変身〟の様相が様変わりするのは当然のことだと言えるのである。

「女でなくなった」女性とは一体どういう存在なのか。『変身のためのオピウム』に登場する女性たちの身体的変化は、実に多様で千差万別である。〈鼻はつまっているし、歯はぼろぼろ、髪の毛は焦げて縮れて、ふくらはぎは腫れている〉ガランティス（第二章）。〈眠っている間にも髪が痛みもなく簡単に抜けてしまう〉ラトナ（第四章）。〈架空の蚊は空中を飛びまわっているのではなく、コロニスの眼球の中を飛び回っているらしい〉というコロニス（第七章）。彼女たちが感じ取る身体的な変調は、〈もう治しようがない〉、〈もう若くはないのだから〉（以上、第二章）、〈年のせいですよ〉（第七章）という具合に、老化による衰えという見方で一括りにされ、切り捨てられてしまうが、そんな解釈は彼女たちにとって到底受け容れられるものではない。ガランティスは〈失業保険をもらうのに〉あくまでも〈視力の証明書〉を求めるし、ラトナは〈誰かが寝ている間に髪の毛をむしり取ろうとするの。妬みかしら。誰かあたしに嫉妬しているのかしら〉と思うし、コロニスはコロニスで〈自分の身体は目に見えない昆虫の住む家なのだ〉と考える。自らの身体的変化に対する彼女たちのユニークな捉え方は、〈ほっそりとした顔、まっすぐな繊細な髪、小さな乳房、細い腰、長い指〉（第四章）を持っていたかつての己の姿形に執着するが故の現実逃避などでは決してない。彼女たちにとって自らの身体的変化は、老化に基づく〈肉体の欠陥〉（第七章）としてマイナスに捉えるものではなく、もっと積極的なもの、第二十一章のオーキュロエの言葉を借りれば〈飛ぶ〉感覚さえ味わえる、価値を見出し得る変化なのである。

　年を取るっていうのは恋をするのと似ているものね、とゼメレは思う。お腹が痛かったり、いらいらしたり、眠れなくなったり、涙が出たり。年を取るということは、ずっと恋をし続けるようなものなんだわ。（第十四章）

　登場する女性たちの中には、身寄りもなく〈国から援助をもらう〉って生活している女性も数名いるが、そんな立場にあっても様々な抑圧を受けた少女時代より、皆、干渉を受けることの無い、年を取った今の自分を肯定的に捉えるのである。加齢という名のオピウムは、女が〝女〟と呼ばれるがために付いて回る、ありとあらゆる柵から自らを解き放つことを可能にする、最後の最後に残された、とっておきの麻薬のように思われるのである。

（専修大学大学院生）

『球形時間』——封じられ／開かれる《日の丸》のために——

久米依子

同じ高校に通う数人の少年少女と、彼らの先生と友人と親たち。それが『球形時間』（新潮社、02・6）に描かれる人物群である。ごく狭い時空間を共有する高校生とその周辺の人々を中心にした物語であるが、実は小説内で彼らが互いに顔を合わせ、接触する場面はそれほど多くない。しかし互いの知らない局面において、彼らの経験する時空間は遥かに隔たり、異質な体験が重ねられる。心身が蝕まれてしまうような退屈な高校生活から離反する彼らの試みは、思いがけない奇妙な人物との出会いや、歴史を呼びこむことになるのだ。

小説の冒頭に登場する女子高生サヤは、駅で化粧しながら学校へ向かう。三人称語りの中にサヤの内言を豊かに溢れさせたこの部分は、太宰治『女生徒』(39)のパロディともみなせよう。六十年前の『女生徒』の女学生は通学中に〈どれが本当の自分だかわからない〉と自意識に苛まれ、雑誌の女性論の勧める〈本当の〉愛や自覚が〈どんなものか、はっきり〉書かれていないので〈もっと具体的に、ただ一言、右へ行け、左へ行け〉と〈権威を以て指で示してくれたほうが、どんなに有難いかわからない〉と考えた。しかし二十一世紀東京の女子高生サヤは、電車の座席に一人分の線が引かれ〈人間達がはめ込まれていく〉のを見て〈お尻の領分まで鉄道会社に決められてしまうなんて〉〈あたしは、絶対に尻合わせなんかしないつもり〉と反発する。〈権威〉からの指示など、お断りなのだ。規制に抗うサヤは、ホームにじかに座って手鏡を覗いていた時、五十代の背広の男に〈みっともない、土人か？〉と非難される。〈土人〉という言葉を新鮮に受け止めたサヤは、ネットで〈喫茶ドジン〉を探し出し、その店に出かけて白髪のイギリス人女性、イザベラさんと知り合う。イザベラさんから、かつて旅行した辺鄙な土地の話を聞いたサヤは、興味を覚え羨ましく思うが、やがて図書館の本でイザベラさんが明治十一年に東北から北海道まで旅行し、一八八〇年に『日本奥地紀行』を刊行した著者イザベラ・バードだと知る。

一方サヤのクラスメートのカツオは、フィリピン人の母を持つ天文学部のマックンとホモセクシュアルの関係にあるが、彼とうまくいかなくなった頃、道で知り合った大学生のコンドウと親しくなる。コンドウは太陽を崇拝し、友人が所属する大学陸上部の祭典にベルリン・オリンピックのような演出をしたいとカツオに語り続け、ついに〈俺は本物の右になるつもりだ〉と宣言し、神経を痛めて入院する。その後小説は、カツオが倉庫に閉じこめられクラスメートのナミコに燃やされる幻想的場面に転じる。ナミコは〈不潔〉なカツオや担任のソノダに憎悪をたぎらせ、カツオの写真を燃やしていたのだ。その担任のソノダヤスオは、無気力な生徒や保守的な校長や生活費を男に頼ろうとする婚約者マチコに失望し、やがて病気で学校を休むことになる。こうして小説内では何人もの人物が壊れかかるさまが非日常的情景を交えて描かれ、その背後には、人を少しずつ痛めつけ歪めていく日本社会――コンドウが〈みみっちい〉と嫌悪した日の丸の球形に覆われた世界――が茫漠と広がっている。

例えばこの小説を、同じような《高校生もの》である山田詠美の『ぼくは勉強ができない』（93）と比較すれば、『球形時間』がいわゆる、爽やか・友愛・カタルシス系の青春物語と隔絶していることが理解できる。『ぼくは勉強ができない』も日本の教育の学力主義を嗤い、規則に逆う小説ではあるが、勉強をしない主人公はスポーツができ女にもてクラスの人気者で、恋愛も友情も教師との暖かい交流さえ満喫し、結局は物わかりのいい教師に導かれて〈勉強が出来るようになりたい〉自分に辿りつく。石原千秋が『大学受験のための小説講義』（ちくま新書、02・10）で喝破したように、『ぼくは勉強ができない』は〈道徳的な枠組〉で小説を読めと強要する〈学校空間〉にふさわしい、主人公の〈正しい〉〈成長〉（石原）を描く小説であり、〈純粋〉で〈素晴らしい教師〉（「眠れる分度器」の章）と生徒が親子のように慕い合っている。理想的学校物語と〈擬似的な父子の物語〉（石原）の型が踏襲され、だからこそセンター試験の問題にもなったと考えられるのである。

対して『球形時間』の担任ソノダと高校生には親密な交流はなく、『ぼくは勉強ができない』で先生と生徒がラーメンを啜って人生を語り合ったような牧歌的光景は現れない（カツオはコンドウにラーメンをおごられるが）。ソノダはクラスの生徒たちに何とか自分の意見を言わせようと熱心に指導し、校長の事なかれ主義に反発し、焼き鳥屋で客の国粋主義教育談に憤慨する。しかし生徒は誰もソノダを慕ってこないし、それどころか被害妄想的なナミコの憎悪の標的にされる。ストレスで一杯のソノダは〈ああ、なんで俺がこんな目に遭わないといけないんだ。この若さで。学校なんかやめちまいたい〉〈なんで俺がこんなサラリーマンのガキの子守をさせられるんだ、しかも四十人も。（中略）こんな自動車の大量生産してるみたいなクラスで、いったいどうしろって言うんだ〉と鬱屈するが、ソノダ自身も、中学生の時には体罰教師に憎しみと復讐心を煮詰まらせていた――。こうした教師像は〈学校空間〉の〈道徳的な枠組〉に収まりきらず、ソノダが自分の親に訴えたように〈今の学校制度に仕えて一生終わるんじゃ、あまりに無責任だよ〉という問題を浮上させる。システムを改善することなく、熱血教師さえいれば何とかなると考えるような〈無責任〉な教育観が、そこから逆照射されるといえよう。

ソノダと高校生たちの関係に限らず、『球形時間』の人物たちは、クラスや家族内の近しい相手に内心の言葉を投げかけようとはしない。互いの言葉を届かせようと試みたならば、新たな《理解》や《信頼》の関係が生じたかもしれないが（図書館で会うエピソードはその可能性を垣間見せる）、サヤやカツオが真摯に言葉を交わしたのは、過去の人物イザベラさんや妄想に生きるコンドウに対してだけである。すなわち一人一人の球形的内部に封鎖され、宛先のない内言を抱えて孤立することが、二十一世紀東京の生のリアリティであると物語は主張しているようだ。それはまた、日の丸日本が指向する閉鎖的状況の相似形として育まれる態度でもあろう。小説内では日本人が国を語る際の独善性が、焼き鳥屋の客の放言〈やっぱり、軍備です。日本人としての誇りが持てなければ、仕事でも勉強でも頑張ることができんですよ〉や、サヤの近所のおばさんの台詞〈外国では自動販売機を壊してお金を取るのは常識だっていうでしょう〉などに示唆される。『球形時間』が発表された当初、雑誌の合評では、なぜ日の丸にこだわるのかという疑念が出されたが（三木卓・佐藤洋二郎・川村湊「創作合評」「群像」02・4）、その後の学校現場で日の丸が、まさに国家の強権性を露わにする記号になったことを考えると、高校生を描く小説で、国旗や明治期日本の様相を振り返ることに、危機感の先取りがあったと認められよう。

ただし小説内では《球》が堅い殻に守られるだけではなく、柔らかな外皮を介して繋がったり分かれたりするイメージも提示される。カツオがコンドウと最後に食べたラーメンに浮く〈脂の玉〉がそれであり、カツオの無理解な父が漏らす意外なコンドウ評価と合わせ、未だ不定型な未来がそこに暗示されていると思われる。

『球形時間』は、高校生が社会の有益なパーツに成るための関係の作り方や希望を安易に語ることなく、日本社会の閉塞性を問いかける。しかし末尾のサヤはひとり授業を抜け出し、学校の屋上で碧い空を見上げ煙草を吸う。時空を超えてイザベラさんと遭遇し、彼女の話から現代日本を相対化するまなざしを学べたサヤは、教室の時間割を脱して自らの《休憩時間》を確保した。サヤのように、抵抗の構えと遥かな時空への想像力によって閉塞を突き抜け、今・ここの状況に呑み込まれない力をもつこと、そしていつか転がる《球》が何かにぶつかり変容すること――最終場面には、そうした期待が込められていると読みとれるのである。

（目白大学助教授）

『容疑者の夜行列車』——越境する自我と百鬼夜行——土屋勝彦

〈あなた〉で呼びかけられたダンサーの主人公が、世界の諸都市へ向かう夜行列車のなかで遭遇する経験を旅日記風に綴った夢幻的なオムニバス・テクストである。「話」が「輪」に変えられ、列車の車輪を想起させると同時に、円環的な輪舞形式を暗示している。

「第一輪パリへ」は、駅の様子のおかしさに気づきながらその原因がわからないもどかしさから始まる。駅で乗車する客の数が少なすぎるのだ。日常の眠りから非日常の現実への逆転的な覚醒が起こる。つまりフランス国境に入る前に車掌にたたき起こされ、フランスが全面ストライキに入った事を知らされる。〈情報と生活の間にとんでもない接続の間違いが起こった〉わけである。心情的には鉄道員たちのストライキを応援したいが、公演のキャンセル料を打算的に考えるというアンビバレントな感情が交錯する。ベルギーだとは気づかずにフランスのフランで払って大損したことを後悔しつつ、何とかパリに辿り着く。タクシーを飛ばして劇場に到着するも、公演中止の張り紙に愕然とし憤慨する。劇場の扉を蹴りつける主人公を笑う子供たちの前で、宙返りをしてみると気分が晴れたという。結局ハンブルクには帰れず、行き先はすべてロンドン行きになっている。パリ公演中止で意味を失った公演旅行の話が、〈野心の野原は焼け野原〉となり、〈泣きっ面は蜜色の涙に濡れているから蜂が寄ってきて更に刺す〉という落ちがつく。〈不可解な構造にからかわれながら〉堂々巡りする主人公の悲喜劇を描きつつ、旅芸人の宙返りが物語的反転と感応する。

「第二輪グラーツへ」は、発車時刻よりも早く来る癖のある主人公が、〈退屈は余裕である〉として、ホームでぼんやり予定の列車を待つところで始まる。電車が故障でチューリッヒ行きには間に合わないので、二人連れの車に乗せてもらう。彼らの関係を想像しているうちに、結局その世話になってしまう話をユーモアたっぷりに自嘲気味に語る。乗り損ねた末に辿り着いた場所で、土地の子供たちの日常に飛び込んだ主人公は、自分の子供時代を思い起こし、旅の外国人の姿に自己像を重ね合わせる。現在と過去の異郷者へのまなざしが自己像を照射する。

「第三輪ザグレブへ」は、まだ名もない学生時代のイタリア旅行の思い出から始まる。資本主義国出身者の経済的優位性について認識しながら、ビザの不要なザグレブに向かう駅の待合室で目にする光景は、西側のジーンズを体中に巻きつけて密輸しようとする男や、主人公の腕時計を奪おうとする人相の悪い男の二人連れ、その危急を救ってくれた気丈夫な農婦などである。男女の三人連れが乗り込んできて、コーヒー豆の入った袋をバッグに入れてくれるよう頼む。西側から東側への庶民の密輸状況がドキュメント風に描かれる。

「第四輪ベオグラードへ」は、やはり主人公の若いころの話で、身体の不調と自己存在の不安定さが語られる。重い体を引きずって歩く主人公は、ザグレブの洗濯女の視野からは認識されえない異邦人である。〈どこも行くところなどない〉主人公が、若い男に話しかけられ、この町の人間と会話でつながり、〈吹き抜ける風の存在から、訪問者になれた〉と感じる。美術館や映画館へ知り合ったばかりの青年と出かけた後、駅に戻りベオグラード行きの夜行列車に乗り込む。〈列車の下半身の鉄が熱い作動を開始した。苦しげにきしむばかりで、快い音ではない〉のは、主人公の身体感覚と合致する。同じ車室にパスポートのない人相の悪い男が乗り込み不安になるが、幸いその晩は何事も起こらない。しかし翌朝しつこく付きまとうこの男の誘いを振り切り逃げ去る。不安の現前化と逃走の話。

「第五輪北京へ」は、西安から北京に向かう八〇年代の列車旅行の話である。親切な青年に切符を買ってもらい乗り込んだ車室に入ってきたのが、ひげ面の商人の男と二人の若い娼婦たち。彼らの夜の痴態騒ぎに目を覚まさせられ、商人が下の床に落下して動かなくなった事態を無視して眠り続ける主人公。中国の光と影を描きながら、〈各自が各自の恐怖を吐き出すことが許されている夜ならば、出し物のない人間は損をする〉。

「第六輪イルクーツクへ」は、ペレストロイカ以前のモスクワからイルクーツクへ向かう列車が舞台。モスクワの町で奇妙な文面の絵葉書の代筆を頼まれた主人公が、コンパートメントで依頼した男とその葉書の宛先になっている女性に遭遇し、二人の会話を聞きながら、おかしくて仕方がない。シドニーで絵の勉強をしたい彼女とそれに反対する彼とのやり取りに苦笑しつつ、シャーマンとして女性に自立を助言する主人公は、恋の鞘当ゲームから逃げ出し、〈外気に触れた途端、肌がばりっと音をたてて、樹皮に変わった〉。

「第七輪ハバロフスクへ」は、夜行列車から落ちてシベリア草原の真ん中に取り残される悪夢が語られる。暗闇の中で木造の家を見つけ、そこの男に宿泊させてもらう。五十代の男の鏡像には、四十代の女性の顔が映っており、勧められて風呂につかった主人公の身体も両性具有者となる。〈融合の魅惑が意思を鈍らせ〉身体感覚の充溢した夢幻譚。

「第十一輪アムステルダムへ」では、ダンスの振り付け師とのいさかいで、怒りが消えない主人公が列車に乗り込む。推理小説を読みながら、隣の男の子の様子が変であることに気づく主人公。施設から逃げ出した自己傷害癖のある子供を救えなかった主人公が、読みかけた推理小説の顛末を悟る。虚構と現実の奇妙な交錯と転換の話。

「第十二輪ボンベイへ」では、駅前で切符を買うために長蛇の列に並ぶ主人公が、〈永遠という名前の蛇がとぐろを巻いている〉上に座るヴィシュヌ（インドの三神一体の神で宇宙秩序の維持を司る）と会話する。ヴィシュヌが消えて、いつのまにかシヴァ（破壊の神）に変わっており、その助言を受けて列に割り込む。何とか汽車に乗り込むと、真夜中に頭上の寝台から声がして、男が爪切りを求めてきた。それを売る見返りにもらったのが、鉄道に乗り続ける切符だった。この永遠の乗車券をもらって、〈わたし〉は〈わたし〉と名乗り、〈あなた〉は二人称で〈描かれる対象として〉列車に乗り続けることになったという。自己同一性を消失し二人称で移動し続ける主人公が、〈人の不安を嗅ぎ取って、近づいていく〉語り手の〈わたし〉との取引を思い出す。それ以来〈爪の伸びる方向に引っ張られて生きるしかない〉というのである。〈自分の影を売った男〉のパロディー。

「第十三輪どこでもない町へ」では、男女四人の乗客の会話が展開される。誰が降りるかで口論となるが、最後に〈わたしたち〉という複数主体が現れ、個々の孤独と存在の不確かさが示される。生の不条理からは降りられない。

タイトルは「容疑者の夜汽車」という言葉遊びのほうが面白い。ヨーロッパの中心都市であるパリから始まり、西から東へ移動し、また西側に戻るという循環構造を持ちながら、最後に文明の発祥地である神の国インドに辿り着く。移動する主人公の身体的ディスクールが、様々の奇矯な〈容疑者〉との遭遇を幻視しながら、〈わたし〉と〈あなた〉、夢と現実、過去と現在、善と悪の境界を侵犯する。移動する身体感覚が言葉の創出を促し、共感覚的な夢ともなり現ともなる。不条理への省察と身体論的なミメーシスが交錯する。身体感覚と移動の融合的ディスクールともいえる。二人称で語られることで、読者との親近性を喚起しつつ、語り手の姿は見えない。翻弄される主体が闇の中に溶け出していく開かれた移動空間のなかで、行き先を知らぬ〈あなた〉も生の共犯者となるのだ。

（名古屋市立大学教授）

『エクソフォニー　母語の外へ出る旅』――神田由美子

「言葉」は、太平洋を泳ぐ魚の群れのようにいつも動いていて捕えにくいものだから、自分が魚になって、いろいろの海を泳ぎ、様々な土地の言語状況を具体的に鱗で感じとろう。そんな意図で書かれた本書は、言葉をめぐる現在の世界状況を、ハンブルクを拠点として世界各地で文学活動を展開する多和田葉子の、母語の外へ出た作家の視点によって考察したものである。

まず多和田は本書の冒頭で、セネガルのダカール市で開かれた言語と文学についてのシンポジウムを語る。そして、シンポジウムの企画者ロベルト・シュトックハンマーの、「エクソフォニー」とは、「移民文学」や「クレオール文学」より、もっと広く〈母語の外に出た状態一般を指す〉という定義を紹介している。その定義を踏まえて、多和田は、〈『外から人が入って来て自分たちの言葉を使って書いている』という受け止め方が「外国人文学」や「移民文学」という言い方に現れているとしたら、〈自分を包んでいる母語の外にどうやって出るか？出たらどうなるか？〉という創作の場からの好奇心に溢れた冒険的な発想が「エクソフォン文学」だ〉と述べている。だから、〈ある言語で小説を書くということは、その言語が現在多くの人によって使われている姿をなるべく真似する〉ことではなく、〈その言語の中に潜在しながらまだ誰も見たことのない姿を引き出して見せることだ〉と語っている。

こんな言語と文学への思考を前提として、多和田葉子は、日本人が英語、フランス語など西洋の言語を学ぶ時の屈折した劣等感を指摘し、この劣等感が、〈ヨーロッパ中心主義を外から見て無力化するチャンスを逃してしまっただけでなく〉、日本人の歴史のダイナミズムを捉える眼を塞いでしまったと論じている。未だに外国語を習うこと、留学することを、自国での「階級」を上げることと考えているような日本人に対して、多和田は、本書のこの第一章で、〈外国語をやることの意味について本気で考えなければ、外国語を勉強することによって、逆に国の御都合主義にふりまわされ続けることになってしまう〉と警告を発している。このような警告に見られるように、本書には、母語と外国語と文学との考察を通して、多和田独自の言語観、文学観、世界観、歴史観が自在に展開されている。

例えば、ドイツ後期ロマン派の作家クライストの作品を、整然とした文体で翻訳した森鷗外に対して、多和田は、〈従属文がどこまでも伸びて行き、古典的バランスを揺るがすことで新しい言語の可能性を切り開いたクライストの存在価値を無化してしまった〉と批判している。そして、クライストをむりやりプロイセンを代表する作家とした日本の近代国家のどういうところがダメなのかを考える点に、プロイセンから出てプロイセンを壊すクライストの文章を読む楽しみがあると論じている。作家の文章の形態の中にこそ、作家の思想があること、また翻訳は、いつも翻訳される時代と場所の制約を受けることなど、翻訳という営みの中に筆者の言語観や歴史観を潜ませた、興味深い見解が述べられている。

また、多和田は、ドイツ語と日本語で作品を発表する自らの文学活動を踏まえて、〈二つの言語を意識的かつ情熱的に耕していると、どちらの言語にも、単言語時代とは比較にならない精密さと表現力を獲得できる。〉と述べている。さらに、だから〈教育や文化にもっとお金をかけ、不合理な多言語を大いに耕すべきだ。そうでないと、豊かさを与えてくれるはずの複数言語が、逆に足枷になってしまう。〉と、移民や外国人同士が一つの国で暮らす、これからの国際社会での各国の政策さえも示唆していく。

しかし、各国で母語の外へ出る楽しみと価値を語り続ける多和田葉子は、〈日本人のせいでエクソフォニーを強いられた〉ソウルを訪れた時には、〈母語の外へ出ることを強いた責任がはっきりされないうちは、エクソフォニーの喜びを解くことも不可能である〉と断言する。そして、〈ヨーロッパ人が自分たちを文明人と規定して、ヨーロッパ文明の外にいる人々を「野蛮人」か「純粋無垢で愛すべき人々」という二つのイメージで括ってきたのと同じことを、今の日本人は他のアジア人にしているのではないか。そして自分がした植民地的侵略、破壊、殺害の事実を認めるかわりに、彼らの「暖かい人間性」を認めることで、密かに罪の意識を鎮めているのではないのか。〉と、日本が抱える重大なアポリアに、エクソフォニーという媒介を通して言及していく。

さらに、多和田は、エクソフォニーが内包する政治的な難題を、〈外国人にドイツ語の試験を強制し、試験に落ちたら国外追放〉というオーストリアの移民法によって、分析する。たとえば〈エクソフォニーは移民の権利ではあるが義務ではない。（略）亡命者を受け入れるということは彼らを言語ごと受け入れることだ〉と述べ、この移民法の根底には〈正しくない母語を排除しようとする発想〉が隠れていると指摘する。そして、このような言語をめぐる深刻な現状を紹介した後で、〈言葉はむしろ、芸術によって芸術的に壊すことが必要だ。だから、言葉遊びこそ、迫害されたものが積極的に掴む表現の可能性なのだ。〉と、世界にいまだにはびこる帝国主義的な言語観への挑戦としての、言語を壊すこと、遊ぶことの価値を訴えている。

また多和田は、それぞれの言語が持つ独自の個性、つまり「なまり」を意識し、「なまり」がぶつかりあうことから生じる「ずれ」や「ゆがみ」を大切にすることにこそ、エクソフォニーの意義があると説いている。〈母語の外に出ることは、異質の音楽に身を任せることかもしれない。エクソフォニーとは、新しいシンフォニーに耳を傾けることだ。〉と述べる多和田は、各国の言語が本来持っていた純粋な「なまり」に虚心に耳を澄ますことで、いかがわしいイデオロギーに染まった言葉も、詩人が使うような新鮮な言葉に再生できると考察していく。

このように言葉の「ずれ」や「ゆがみ」の大切さを説く多和田は、一方で、現在ヨーロッパでは、欧州共同体を作ろうという動きと平行して、ヨーロッパの「小さな言語」を救おうとする運動が活発になってきたことも紹介している。そして「小さな言語」で書かれた文学を多くの人の読める言語に翻訳することは、「大きな言語」にも「ずれ」や「ゆがみ」を引き起こし、その結果、「大きな言語」も変化させる役割を果たすという見解を述べている。

さらに、北京を訪れ、中国語に接した体験を、多和田は、西洋の〈遠い言語に受けるインスピレーション〉と質の違う、分かるようで分からない〈ずれの感覚〉と表現している。そこから明治になって創られた翻訳語としての漢字の存在意義にも言及し、〈『美』という漢字は、世阿弥のいう『花』と訳したほうが色香がある。世阿弥の語彙は、西洋の抽象名詞を日本語に訳すもうひとつの可能性を暗示している。〉という、独自の翻訳観を披露している。

ヨーロッパ、アジア、アメリカ、アフリカと様々な土地での「母語の外へ出る旅」を綴った本書の最後で、多和田は、意味の伝達の道具として言葉を使う習慣から開放されることの意義と、外国語を学ぶことは、未知の自分を発見することだという信念を語っている。母語に纏わりついた様々な意味に翻弄され、外国語を学ぶことで、母語との戦いから逃避しようとしている多くの日本人にとって、多和田葉子が誘いかけてくれた「母語の外へ出る旅」は、これからの日本を生きぬく貴重な提案だといえよう。

（東洋学園大学教授）

『カタコトのうわごと』――〈拒まれたる者〉としての位相――高山京子

まず、題名からして象徴的である。〈カタコト〉の〈うわごと〉とは一体何なのであろう。〈カタコト〉というのは、多和田葉子の駆使する日本語が、既成のそれとは異なるいわば「ちょっと変な言語」に相当していること、そして〈うわごと〉には、無意識に発する語というものの他に、放言、たわごとという意味がある。見事までに作者としての自己の位相を明らかにし、かつ対象化している。さらに〈カタコト〉〈うわごと〉という似たような響きをもつ言葉を並べて、そこから生まれるユーモラスな効果も狙っている。常に言語に対して先鋭的な問題意識を持ち続ける多和田ならではの題名なのだが、その一見飄々とした態度とは裏腹に、内容は彼女が獲得した、彼女ならではの示唆に富む文学理論の書なのである。とくに「1　遊園地は嘘つきの天国」は文明批評に突き抜けてさえいる。

多和田の小説に対しては、時として気負いやてらいがあるものとしての否定的な評価も存在するのだが、エッセイを読むと、それが必ずしも当てはまらないことがわかる。誤解を恐れずにいえば、我々が日常、意識せずに読み、書き、話す日本語とはあきらかに違う一種のたどたどしさ、不安定さがあるのである。例えば彼女は一九九六年二月、ドイツ語を母国語としない作家の優れたドイツ語著作に対し贈られるシャミッソー賞を受賞しているが、本書に収められた「シャミッソー賞を受賞してみて」（「東京新聞」夕刊、96・6・4）という題を目にした時、読み手はまず〈受賞してみて〉という言葉に立ち止まらされる。通常なら、〈受賞して〉という言い回しを使うだろう。〈~してみる〉という表現を使うことで、その行為そのものとは若干の距離が生まれる。彼女の文章、言語の妙は、概してこの距離如何によって生まれるものといえそうだ。

さて、彼女はある種語り得ないものを志向する文学者だといえるが、小説においても、例えば幻想と現実、日本とドイツなど、二つの異質な世界とその狭間に立つ人間を好んで描く。その狭間への志向が、具体的かつ多角的に書かれているのが『カタコトのうわごと』である。ここで多和田は〈溝〉という言葉を使っている。この〈溝〉という言葉に触れた時、私は反射的に〈僕は二つの世界の間に介在して、そのいずれにも安住していません〉という、トーマス・マンの『トニオ・クレーゲル』(実吉捷郎訳)の一節を思い出した。

マンが提示した〈芸術家〉と〈市民〉あるいは〈精神〉と〈肉体〉、〈孤独〉と〈群衆〉などの対立命題を作品化したものは、日本文学においても枚挙にいとまがない。しかし翻って、現代にこのような命題は明確に成り立つのであろうか。これは、両者を異質なものとして認識することが前提となっている。だが、戦後日本の高度経済成長期に始まった一種の均質化・画一化の傾向、そして現代の情報化社会においては、独自性といったものは失われ、もはや先に述べたような対立はのぞむことすら困難になってきている。

多和田は、このような状況に敏感に反応した作家である気がする。彼女はドイツへ行き、あえて異質なものとの衝突にさらされることで、つまり〈拒まれたる者〉としての位相を自らつくりだすことで、自己の文学世界を確立したともいえるのではないだろうか。高橋敏夫がかつて多和田葉子の「ペルソナ」(「群像」92・6)について、主人公の道子が「少数者」であることを指摘し、〈このような「少数者」の選択が、けっして「多数者」の制圧をくつがえす期待をもちえず、むしろそのような期待が不可能となり、断念せざるをえないところでなお、選ばれたものであることもはっきりしている〉と述べたことがあるが（「嫌悪する小説―多和田葉子と小川洋子」「早稲田文学」93・12）、確かに異国で外国人として生きる道子の裏には、作者自身の芸術家としての孤独が塗り込められているように感じられる。

多和田は富岡多恵子との対談「自分を翻訳する文学」（「群像」93・5）において、ドイツへ行った理由について、〈小説は前から書きたいと思っていたし、書いていたんですけれども、このまま書いていたら自分はどうしようもないなと思った〉〈中学から書いていたんですけれども、子供の時から成長が全然ないんですよ。それは、異質なものと出会う機会が全然なかったからで、特に言葉のレベルではこれはまずいなという感じから、いっそのこと遠くに行ってしまおうと思って、行ってしまったんです〉といっている。これは、表現の行き詰まりからの、痙攣的な脱出ともいえるが、文壇に登場する前にそのような壁にぶつかったことは面白い。

結局、ドイツへ行ったことは、多和田の文学の重要なテーマにすら生まれ変わる。彼女の文学的出発は、〈日本語を全くしゃべらないうちに、半年が過ぎてしまった。日本語がわたしの生活から離れていってしまった感じだった。手に触れる物にも、自分の気分にも、ぴったりする日本語が見つからないのだった。外国語であるドイツ語は、ぴったりしなくて当然だろうが、母国語が離れていってしまうのは、何だか霧の中で文字が見えなくなっていくようで恐ろしかった〉（「すべって、ころんで、かかとがとれた」、「本」92・5）というような、身を切るような軋轢の所産だったのだ。

彼女が自己の創作活動で、〈翻訳〉というものを重要視していることは注目に値する。なぜなら、これほど二者（以上）の関係や断絶の問題にさらされるものはないからである。〈翻訳〉は橋渡しの行為ともいえるが、彼女は断絶から〈翻訳の過程で、ばらばらになった言葉が、これまでに持っていなかった力を得て、反乱を起こし、もう文章という行列はつくらないぞと暴れまわる〉（「翻訳という熱帯旅行」「新刊展望」93・11）ことに望みを託す。〈狭間〉や〈溝〉を意識し続ける多和田にとって、〈翻訳〉へのこだわりは当然の結果なのである。それはパウル・ツェランに関する「翻訳者の門―ツェランが日本語を読む時」「ラビと二十七個の点」（「新潮」98・9）を読んだだけでも十分に汲み取れる。

多和田はドイツに身を置き、言語というものと格闘し、〈わたしの書くドイツ語は、ドイツ人の書くドイツ語とは違う。ちょっと抜けている、つまずきそうな、変なドイツ語なのだろうと自分では思っている。だからこそ書くかいがあるのではないかとも思う。わたしは《美しい日本語》を信じないので、もちろん《美しいドイツ語》も信じない。そういう国粋主義的な発想を離れて、これからも日本語が母国語ではないのに日本語で小説を書く作家がふえてくればいいと思う〉（「〈生い立ち〉という虚構」「文学界」93・3）という、独特の位置を獲得した。書き手である多和田葉子は、一度日本語を失ったことによって、既成事実としての日本語とも、ネイティブとしてのドイツ語からも断層を持つことになる。それは拒まれた者としての位相を意志的に作り出した結果とはいえないだろうか。そのような意味で、多和田はかなりストイックな作家なのである。

ところで、〈美しい日本語〉など信じない、というような言説になると、多和田葉子はにわかに戦闘的になる。その裏には、〈美しい日本語〉を支えているものがほかならぬ多数者の論理であり、それに対して彼女の志向する言語はどこまでも少数者のそれである、という構図があるといえる。多和田は一貫してマイノリティー擁護の立場を取るが、彼女の徹底した反権力の言辞は、本来芸術家が持つ少数者への愛惜、そして自身が少数派であることの自負と決して無関係ではない。『カタコトのうわごと』には、彼女のそのような宣言が随所にみられるのである。

（創価大学大学院生）

多和田葉子 主要参考文献

押山美知子

雑誌特集

「ユリイカ」36(14)臨時創刊号(04・12)「総特集 多和田葉子」

論文・評論

高橋敏夫「嫌悪する小説―多和田葉子と小川洋子」(「早稲田文学」93・12)

岡部隆志「異類の起源 多和田葉子『犬婿入り』を読む」(岡部隆志『異類という物語「日本霊異記」から現代を読む』新曜社、94・10)

種田和加子「関係=多和田葉子」(「国文学 解釈と教材の研究」96・8)

和田忠彦「現代作家論シリーズ・第七回―多和田葉子論―とける地図・まとう言葉」(「文学界」97・2)

芳川泰久「〈国境機械〉について―多和田葉子の〝国境〟地帯の歩き方」(「現代詩手帖」97・5)

中島裕昭「多和田葉子の戯曲作品『夜ヒカル鶴の仮面』について」(「東京学芸大学紀要第2部門人文科学」49、98・2)

清水本裕「多和田葉子『客』の世界」(「世界文学」88、98・12)

松永美穂「ことばの実験室―多和田葉子の多彩な創作活動」(「ドイツ文学」103、99・8)

カトリン・アマン「窃視、検閲と現実の構築―多和田葉子『犬婿入り』」(カトリン・アマン『歪む身体』専修大学出版局、00・4)

陣野俊史「徐冰と多和田葉子―文学への当惑」(「国文学 解釈と教材の研究」00・7)

和田忠彦「境界の侵犯から13 うごく橋」(「国文学 解釈と教材の研究」01・7)

和田忠彦「境界の侵犯から14 うごく橋(続)」(「国文学 解釈と教材の研究」01・8)

古山順一「言葉の垣根超える詩とピアノ〈Around the World〉」(「朝日新聞」夕刊、01・8・16)

和田忠彦「境界の侵犯から15 街がすべりだす」(「国文学 解釈と教材の研究」01・9)

和田忠彦「境界の侵犯から16 街がすべりだす(続)」(「国文学 解釈と教材の研究」01・10)

松永美穂「多和田葉子の文学における進化する『翻

訳』」（「早稲田大学大学院文学研究科紀要第2分冊」48、02）
沼野充義「古典の高み、神話と通俗…豊作の秋」（「朝日新聞」夕刊、02・10・23）
青木純一「非合法な空間―多和田葉子論」（「早稲田文学」28（5）、03・9）
飯田祐子「言葉と身体―多和田葉子『聖女伝説』『飛魂』を通して」（『〈文学年版1〉文学の闇／近代の「沈黙」』世織書房、03・11）
土屋勝彦「越境する中間地帯を求めて―多和田葉子論への試み」（「名古屋市立大学大学院人間文化研究科人間文化研究」2、04・1）
松田和夫「多和田葉子をめぐる言説」（「東アジア日本語教育・日本文化研究」7、04・3）
土屋勝彦「Fremdsprachiges Schreiben-Hideo Levy, David Zoppetti und Yoko Tawada」（「名古屋市立大学人文社会学部研究紀要」16、04・3）
神山睦美「文学の普遍性について―井坂洋子・多和田葉子・小川洋子」（「現代詩手帖」47（3）、04・3）
藤田省一「翻ってわたしを傷つけにくる言葉」―多和田葉子『文字移植／アルファベットの傷口』における翻訳」（「言語態」5、04・10）

書評・解説・その他

――「イレーネ・ヨハンゾン編・子安美知子・多和田葉子訳　わたしのなかからわたしがうまれる」（「朝日新聞」82・10・12）
「第34回群像新人文学賞発表小説当選作『かかとを失くして』多和田葉子、評論当選作『異邦の友への手紙―ロラン・バルト『記号の帝国』再考』渡辺諒、評論優秀作『静かなるシステム』左飛通俊」（「群像」91・6）
小島信夫・秋山　駿・木崎さとこ「創作合評193『三人関係』多和田葉子、『サクラダ一族《ファミリア》』村上政彦、『エンドレス・ワルツ』稲葉真弓」（「群像」92・1）
川村　湊「『彼岸先生』島田雅彦、『地蔵記』中村隆資、『遊平の旅』青野聡、『三人関係』多和田葉子」（「文学界」92・5）
渡部直己「繊細と野蛮が織り成す生彩『三人関係』多和田葉子著」（「日本経済新聞」92・04・12）
井口時男「紙の上の歩行失調」（「新潮」92・6）
三枝和子・青野　聡・絓　秀美「創作合評199『セラヴィ』松村栄子、『名前のない木』みどりゆうこ、『ペルソナ』多和田葉子」（「群像」92・7）
川村二郎・山本道子・三浦雅士「創作合評205『ノヴ

アーリスの引用』奥泉光、『犬婿入り』多和田葉子、『翼の垂氷』森内俊雄」（「群像」93・1）

――「多和田葉子さん　その時　マリオ・アンブロスィウス」（「朝日新聞」夕刊、93・1・23）

――「第108回平成4年度下半期芥川賞決定発表――『犬婿入り』多和田葉子」（「文芸春秋」93・3）

秋山　駿「民話と現代の日常を接続させる話法の才　芥川賞受賞作『犬婿入り』書評」（「週刊朝日」93・3・5）

――「新刊『犬婿入り』多和田葉子著」（「毎日新聞」93・3・8）

中沢けい「昭和40年代の作品に似るニュアンス『犬婿入り』多和田葉子著　書評」（「朝日新聞」93・3・21）

小島信夫・江藤淳・高橋源一郎「創作合評208『光とゼラチンのライプチッヒ』多和田葉子、『4月になれば、美華は』鈴木隆之、『草の上の朝食』保坂和志」（「群像」93・4）

蓮見重彦・渡部直己インタビュー「羞いのセクシュアリティ――松浦理英子、笙野頼子、多和田葉子、そして吉本ばなな」（「文芸」93・11）

宇野邦一「書評　多和田葉子『アルファベットの傷口』」（「文芸」93・11）

――「多和田葉子の『翻訳』標的文学94　裏返しの世界『現在』を比喩」（「朝日新聞」夕刊、94・3・23）

蓮實重彦「『戦後50年』と『文学主義』『敗戦後論』加藤典洋氏『無精卵』多和田葉子氏」（「朝日新聞」夕刊、94・12・26）

――「［12月の文芸］ドナルド・キーンさんと　多和田葉子『無精卵』津島佑子『月の満足』大庭みな子『赤い満月』」（「読売新聞」夕刊、94・12・26）

川村二郎・岡松和夫・室井光広「創作合評230『無精卵』多和田葉子、『泡沫《うたかた》の秋』岩橋邦枝」（「群像」95・2）

川村　湊「〈文芸時評〉『不定形の物語』の時代」（「毎日新聞」夕刊、95・9・28）

川村　湊「〈文芸時評〉病的な〝心の世界〟」（「毎日新聞」夕刊、95・10・31）

黒井千次・三浦雅士・加藤弘一「創作合評240『摩の国アンヌピウカ』久間十義、『ゴットハルト鉄道』多和田葉子」（「群像」95・12）

笙野頼子「さかさま世界を希求する旅『ゴットハルト鉄道』多和田葉子」（「読売新聞」96・6・23）

堀江敏幸「〈穴〉を夢見て　多和田葉子『ゴットハルト鉄道』書評」（「図書新聞」96・7・13）

富岡幸一郎「人間の身体感覚、巧みに用いる『ゴットハルト鉄道』多和田葉子著」（「日本経済新聞」96・7・14）
――「［7月の文芸］松浦寿輝さんと　川上弘美『蛇を踏む』　多和田葉子『聖女伝説』　村田喜代子『硫黄谷心中』」（「読売新聞」夕刊、96・7・25）
小森陽一「エクリチュールの襞　多和田葉子『ゴットハルト鉄道』」（「週刊読書人」96・7・26）
陣野俊史「封印される少女　多和田葉子『聖女伝説』」（「図書新聞」96・8・3）
東　浩紀「書くこと、孕むこと、傷つくこと　多和田葉子『ゴットハルト鉄道』への書評」（「波」96・8）
東　浩紀「多和田葉子『聖女伝説』」（「文芸」96・11）
三宅晶子「声と文字の極限　多和田葉子『聖女伝説』」（「新潮」96・12）
池澤夏樹「文芸時評　言葉づかいの自由　『断筆解禁宣言』筒井康隆氏　『果報は海から』又吉栄喜氏『チャンティエン橋の手前で』多和田葉子氏」（「朝日新聞」夕刊、97・1・28）
――「［12月の文芸］後藤明生さんと　多和田葉子『飛魂』村上龍『共生虫』」（「読売新聞」夕刊、97・12・24）
田久保英夫・秋山　駿・畑山　博「創作合評255『峠の棲家』岡松和夫、『果報は海から』又吉栄喜、『チャンティエン橋の手前で』多和田葉子」（「群像」97・3）
田久保英夫・川村二郎・津島佑子「創作合評266『飛魂』多和田葉子、『夜の息子』稲葉真弓」（「群像」98・2）
近藤裕子「［作家ガイド］多和田葉子」「多和田葉子略年譜」（『女性作家シリーズ22　中沢けい／多和田葉子／荻野アンナ／小川洋子』角川書店、98・2）
加藤弘一「舌の遍歴　書評多和田葉子『きつね月』」（「群像」98・3）
小原眞紀子「身体に悪い文学の『不快』　多和田葉子『きつね月』書評」（「図書新聞」98・4・18）
小森陽一「〈文芸時評〉食い破る『マラカス―消尽―』唐十郎氏『ふえふきおとこ』多和田葉子氏『私という小説家の作り方』大江健三郎氏」（「朝日新聞」夕刊、98・4・27）
養老孟司「『飛魂』多和田葉子著　不可解さを超える、ことばの魅力」（「読売新聞」98・5・24）
富岡多恵子「ウォッチ文芸　多和田葉子『飛魂』ほか」（「朝日新聞」夕刊、98・5・25）

菅　聡子「めくるめく解体の快楽　多和田葉子『飛魂』」（「週刊読書人」98・6・26）

川村　湊「〈文芸時評〉『事件』を起こす新人とは」（「毎日新聞」夕刊、98・7・28）

三原弟平「多和田葉子『ふたくちおとこ』」（「文芸」98・11）

斎藤美奈子「お洒落なダジャレ　それが作者の魅力『ふたくちおとこ』多和田葉子著　書評」（「朝日新聞」98・11・29）

清水良典「文学の練習問題　文章を外国語のように作るのはなぜ？」（「毎日新聞」99・2・16）

清水良典「文学の練習問題　多和田葉子は『異化』の振幅の最大値を示す」（「毎日新聞」99・2・22）

黒井千次・増田みず子・富岡幸一郎「創作合評278『ヤダーシュカ』大庭みな子、『青黄《チンホアン》の飛翔』辻原登、『枕木』多和田葉子、『最後の資料』山田詠美」（「群像」99・2）

堀江敏幸「［季評文学（下）］日常に潜む『聖性』」（「読売新聞」夕刊、99・6・10）

陣野俊史「解説　翻訳者の使命と小説家の欲望」（多和田葉子『文字移植』河出文庫、9・7）

坂上　弘・久間十義・室井光弘「創作合評290『くじ』竹西寛子、『捨て子の話』津島佑子、『なめし』佐伯一麦、『闘牛とオババ』青野聰、『ころびねこ』多和田葉子」（「群像」00・2）

秋山　駿「解説」（日本文芸家協会編『文学2000』講談社、00・4）

川上弘美「『ヒナギクのお茶の場合』多和田葉子著　書評」（「朝日新聞」00・4・30）

堀江敏幸「新刊　私の◎○　『ヒナギクのお茶の場合』書評」（「朝日新聞」夕刊、00・5・21）

武村知子「ハンナが骨壷をふる―『ヒナギクのお茶の場合』多和田葉子」（「新潮」00・5）

島森路子「多和田葉子著『光とゼラチンのライプチッヒ』」（「毎日新聞」00・9・10）

小山内伸「文化のはざまから新しい響き　短編集刊行の多和田葉子氏に聞く」（「朝日新聞」夕刊、00・9・19）

津島佑子「〈文芸時評〉演劇のことば　肉体が支える抽象的浮遊」（「朝日新聞」夕刊、00・9・28）

尾崎真理子「［文芸2001］5月　個の時代　種の意味問う」（「読売新聞」夕刊、01・5・29）

中沢けい「『文学2001』解説　編み直される人間関係」（日本文芸家協会『文学2001』講談社、01・5）

福田淳子「多和田葉子」（川村湊・原善編『現代女性作家研究辞典』鼎書房、01・9）
リービ英雄「『変身のためのオピウム』多和田葉子著　さし出される陶酔、喜劇的な哀愁漂い」（「朝日新聞」01・12・16）
尾崎真理子「［文芸2002］2月　現実と格闘　永遠を求める」（「読売新聞」夕刊、02・2・26）
津島佑子「〈文芸時評〉『創作』の文体　『個性』重視の傾向に疑問」（「朝日新聞」夕刊、02・2・27）
三木卓・川村湊・佐藤洋次郎「創作合評316　『縮んだ愛』佐川光晴、『球形時間』多和田葉子」（「群像」02・4）
松浦寿輝「『容疑者の夜行列車』多和田葉子著　溶け出した自我の輪郭」（「読売新聞」02・8・4）
堀江敏幸「『容疑者の夜行列車』多和田葉子著　不条理列車で『あなた』はどこへ」（「朝日新聞」02・9・15）
――「〈ひとこと〉多和田葉子さん『球』のイメージで『巡る時間』描く」（「朝日新聞」夕刊、02・10・23）
川村　湊「解説　自然と自然《じねん》・人間と人間《じんかん》」（講談社文芸文庫編『戦後短篇小説再発見14自然と人間』03・9）
小池昌代「多和田葉子『エクソフォニー　母語の外へ出る旅』を読む　言葉の未知の領域へ」（「図書新聞」03・10・25）
子安美知子「『エクソフォニー』多和田葉子著」（「読売新聞」03・11・9）
川村二郎・秋山駿・加藤典洋「創作合評327　『旅をする裸の眼』多和田葉子、『パラレル』長嶋有」（「群像」04・3）
小梶勝男「［駅］ハンブルク中央駅＝ドイツ『鯨のおなか』から出発進行」（「読売新聞」朝刊別冊2、04・4・4）
山内則史「［文芸2004］5月　どこでもあり、どこでもない場所」（「読売新聞」夕刊、04・5・25）
島田雅彦「〈文芸時評〉孤島の中の孤立　世界文学担い手の実像」（「朝日新聞」夕刊、04・9・27）
山本健一「〈トレンド〉死後100年、様々なチェーホフ　自分なりの答え探し」（「朝日新聞」04・9・30）
松浦寿輝・平田俊子・陣野俊史「創作合評355　『アーリオ　オーリオ』絲山秋子、『伝令兵』目取真俊、『伝達少女』多和田葉子」（「群像」04・11）
大辻　都「書評『旅をする裸の眼』多和田葉子―シネマのマーに抱かれて」（「文学界」05・3）

（専修大学大学院生）

多和田葉子 年譜

押山美知子

一九六〇（昭和三十五）**年**

多和田葉子（本名同じ）は三月二十三日、東京都中野区本町通りに、父栄治、母璃恵子の長女として生まれる。

一九六六（昭和四十一）**年**　**六歳**

東京都国立市国立富士見台の団地に引っ越す。

一九七五（昭和五十）**年**　**十五歳**

四月、都立立川高校入学。高校時代には第二外国語として、ドイツ語を習い始め、文芸部で同人誌を年二回発行。父栄治がドイツ語の人文・社会科学系学術本の輸入販売を行うエルベ書店を設立。

一九七八（昭和五十三）**年**　**十八歳**

三月、都立立川高校卒業。四月、早稲田大学第一文学部入学。専攻はロシア文学。学生時代は早稲田の語学研究所で、ドイツ語を勉強。同人誌を多数制作。

一九八二（昭和五十七）**年**　**二十二歳**

早稲田大学第一文学部卒業。卒論のテーマはロシアの現代女性詩人ベーラ・アフマドゥーリナ。卒論を提出した日にインドへと出発。その後イタリアへ行き、当時のユーゴスラビアを通って目的地のドイツ、ハンブルクに到着。着いた翌日から父親の紹介により、書籍の取り次ぎと輸出を手掛けるグロッソハウス・ヴェグナー社で研修社員として働き始める。六月、子安美知子との共訳本であるイレーネ・ヨーハンゾン編『わたしのなかからわたしがうまれる』が晩成書房より刊行される。

一九八七（昭和六十二）**年**　**二十七歳**

グロッソハウス・ヴェグナー社を退社。通訳、家庭教師、大学助手等を勤めながら小説を執筆。『Nur da wo du bist da ist nichts あなたのいるところだけなにもない』が多和田の日本語原文にPeter Pörtner氏のドイツ語訳を併置して刊行される。

一九八八（昭和六十三）**年**　**二十八歳**

「Wo Europa Anfängt ヨーロッパの始まるところ」など初めてドイツ語で小説を執筆。

一九八九（平成元）**年**　**二十九歳**

『Das Bad』がPeter Pörtner氏によるドイツ語訳で刊行される。

一九九〇（平成二）**年**　**三十歳**

一月、ハンブルク市文学奨励賞を受賞。二月、Heiner Müller をテーマとする修士論文執筆に着手。修士論文を仕上げながら十一月十日に「かかとを失くして」を書き始める。

一九九一（平成三）**年**　**三十一歳**

六月、「かかとを失くして」が第三十四回群像新人文学賞の小説部門を受賞。「群像」六月号に掲載。十二月、ハンブルク市より四年に一度若手作家・研究者に贈られるレッシング奨励賞を受賞。「三人関係」が「群像」十二月号に掲載。本作品は三島賞と野間文芸賞の候補となる。ドイツで『Wo Europa Anfängt』刊行。

一九九二（平成四）**年**　**三十二歳**

三月、『三人関係』が講談社より刊行される。「本」五月号に「すべって、ころんで、かかとがとれた」掲載。ドイツ語で執筆したエッセイ『Das Fremde aus der Dose』がオーストリアで刊行される。「ペルソナ」を「群像」六月号に発表。本作品が芥川賞候補となる。「犬婿入り」を「群像」十二月号に発表。ハンブルク大学大学院修士課程修了（ドイツ文学専門）。

一九九三（平成五）**年**　**三十三歳**

一月、「犬婿入り」で第一〇八回芥川賞を受賞。二月、『犬婿入り』が講談社より刊行。「ブック THE 文芸」三月号に「アルファベットの傷口」掲載。「文学界」三月号にエッセイ「〈生い立ち〉という虚構」と短篇「光とゼラチンのライプチッヒ」を発表。「看護」五月号に「病院という異国への旅」が、「本」五月号に「『犬婿入り』について」がそれぞれ掲載される。「文芸」夏号に「人形の死体／身体／神道」掲載。九月、『アルファベットの傷口』が河出書房新社より刊行。ドイツ語で執筆した短編小説集『Ein Gast』と、戯曲『Die Kranichmaske die bei Nacht strahlt』（邦題「夜ヒカル鶴の仮面」）がそれぞれドイツで刊行される。後者は十月四日にオーストリアのグラーツで初演。「新刊展望」十一月号に「翻訳という熱帯旅行」掲載。

一九九四（平成六）**年**　**三十四歳**

「文学界」一月号に「隅田川の皺男」を発表。「すばる」一月号に「夜ヒカル鶴の仮面」を発表。「Art Express」三月号に「遊園地は嘘つきの天国」を発表。「Music Today」四月号に「『外国語文学』の時代」掲載。「批評空間」四月号から「聖女伝説」の連載が開始される。「Art Express」九月号に「異界の目」掲載。十二月、「大航海」一号から後に『きつね月』（98・2）として刊行される連載を開始。ドイツでは『Tintenfisch auf Reisen』がPeter Pörtner 氏のドイツ語訳で刊行される。

一九九五（平成七）**年**　**三十五歳**

「毎日新聞」一月五日夕刊に「二〇四五年」掲載。「新潮」一月号に「刻み込まれていく文章」掲載。「群像」一月号に「無精卵」を発表。二月、「大航海」二号に「たぶららさ」を発表。四月、「大航海」三号に「遺伝子」を発表。「新潮」四月号に「衣服としての日本語」掲載。六月、「大航海」四号に「詩人が息をしている」を発表。八月、「大航海」五号に「電車の中で読書する人々」を発表。「新潮」十月号に「雲を拾う女」を発表。「群像」十一月号に「ゴットハルト鉄道」を発表。本作品は川端康成賞の候補となる。「新潮」十一月号に「罫線という私」掲載。十二月、「大航海」七号に「ギターをこする」を発表。十二月末にホーチミン市とバンコクへ旅行。「文学界」十二月号に「懐かしいかもしれない」を発表。

一九九六（平成八）**年**　**三十六歳**

二月、「大航海」八号に「辞書の村」を発表。ドイツバイエルン州芸術アカデミーからドイツ語を母国語としない作家のドイツ語作品に贈られるシャミッソー賞を日本人として初めて受賞。エッセイ集『Talisman』がドイツで刊行される。四月、「大航海」九号に「魔除け」を発表。「東京新聞」四月三日夕刊に「シャミッソー賞を受賞してみて」掲載。「文芸」春号に「言葉のたけくらべ」掲載。「i feel」春号に「ジークリット・ヴァイゲルの『性の地形学』について」掲載。五月、「批評空間」四月号で「聖女伝説」の連載終了。『ゴットハルト鉄道』が講談社から刊行される。本作品は女流文学賞の候補となる。「ユリイカ」五月号に「ハムレットマシーンからハムレットへ」掲載。六月、「大航海」十号に「有名人」を発表。「朝日新聞」六月四日夕刊に「ドイツで書く嬉しさ　作家たちとの交流豊かに」掲載。七月、『聖女伝説』が太田出版より刊行される。八月、「大航海」十一号に「かける」を発表。「一冊の本」八月号に「記憶の中の本」掲載。十月、「大航海」十二号に「船旅」を発表。「群像」十月号に「盗み読み」を発表。「新潮」十一月号に「ヒナギクのお茶の場合」を発表。十二月、「大航海」十三号に「台所」を発表。「文芸」十二月号に渡部直己との対談「線香花火としての皮膚《テクスト》」掲載。

一九九七（平成九）**年**　**三十七歳**

二月、「大航海」十四号に「シャーマンのいる村」を発表。また、河出書房新社より刊行された『現代語訳・樋口一葉　闇桜／ゆく雲他』中に多和田の手による「ゆく雲」の現代語訳が収録される。「群像」二月号に「チャンティエン橋の手前で」を発表。「新潮」三月号に「筆の跡」掲載。「すばる」三月号にインタビュー「言葉に棲むドラゴン　その逆鱗にふれたくて」（聞き手・義川泰久）掲載。四月、「大航海」十五号に「Ｚという町」を発表。六月、「大航海」十六号に「ハイウェイ」を発表。「一冊の本」七月号に「ちゅうりっひ」を発表。八月、「大航海」十七号に「オレンジ園にて」を発表。「文芸」八月号に「ニーダーザクセン物語」（後に「ふたくちおとこ」に改題）を発表。「ダンスマガジン」八月号に「迷いの踊り―ノンマイヤーの『ハムレット』」掲載。十月、「大航海」十八号に「舌の舞踏」を発表。ドイツで散文集『Aber die Mandarinen muessen heute abend noch geraubt werden』と戯曲『Wie der Wind in Ei』が刊行される。後者は　オーストリアのグラーツで多和田の朗読にダンサーが共演する形で九月末に初演。

一九九八（平成十）**年　三十八歳**

「群像」一月号に「飛魂」を発表。二月、『きつね月』が新書館より刊行され、角川書店から刊行された『女性作家シリーズ22』に「かかとを失くして」と「犬婿入り」が収録される。「文芸」二月号に「かげおとこ」を発表。三月、河出書房新社より刊行された、渡部直己『現代文学の読み方、書かれ方』中に、渡部との対談「線香花火としての皮膚《テクスト》」が収録される。「ダンスマガジン」三月号に「聴覚と視覚の間の溝を覗く朗読とダンスの共演『風の中の卵のように』」掲載。五月、『飛魂』が講談社から刊行。また、満谷マーガレット氏の英訳で『The Bridegroom Was a Dog』がKodansha Internationalから刊行される。「文芸」五月号に「ふえふきおとこ」を発表。「新刊ニュース」七月号に「失われた原稿」掲載。「読売新聞」九月二日夕刊に「宋賢淑さんの絵　線は具象　具象は線　漂うはざまの世界」掲載。「新潮」九月号に「ラビと二十七個の点」掲載。十月、『ふたくちおとこ』が河出書房新社から刊行され、『犬婿入り』が講談社文庫として再刊行される。「i feel」秋号に「『ふと』と『思わず』」掲載。ドイツでは、チュービンゲン大学の詩学講座講師を勤め、その講義集である『Verwandlungen』と戯曲集『Orpheus oder Izanagi. Till』が刊行。後者は劇団らせん館が五月にハノーファーで初演。

一九九九（平成十一）**年　三十九歳**

「朝日新聞」一月三日に「夢判断　花言葉」掲載。「読売新聞」一月二十三日夕刊に「中世［わからない言葉］に向きあう」掲載。「新潮」一月号に「枕木」を発表。「すばる」一月号に「裸足の拝観者」を発表。「本とコンピューター」春号に「吹き寄せられたページたち」掲載。二月から四ヶ月間ボストンのマサチューセッツ工科大学で、ドイツ文学を講義。「婦人公論」二月号に「ハンブルク在住16年　日独2つの言葉で世界を紡ぐ」を寄稿。「文芸」二月号に堀江敏幸との対談「多和田葉子インタビュー—両国のモザイク細工—皺からの文学」掲載。三月、『富岡多恵子集四』の月報に「舞台のある小説」掲載。岩波書店より刊行された富岡多恵子編『詩歌と芸能の身体感覚　短歌と日本人Ⅳ』に「ドイツから短歌に」収録。「中央公論」三月号に「ゆずる物腰ものほしげ」掲載。五月、青土社からエッセイ集『カタコトのうわごと』が刊行。六月、河出書房新社よりマリオ・Aとのコラボレーションヨン写真集（多和田はショートストーリーを担当）『F THE GEISHA』が刊行される。七月、『アルファベットの傷口』を改題した『文字移植』が河出文庫として再刊。九月、「朝日新聞」九月四日から九月二十五日にかけて「目星の花ちろめいて　あやめびと／むかしびと／わたりびと／ほかひびと」を連載。「東京新聞」十一月二十七日「捨てない女」を発表。「群像」十二月号に「胞子」を発表。

二〇〇〇年（平成十二）年　四十歳

「すばる」一月号に「ころびねこ」を発表。「新潮」一月号に「所有者のパスワード」を発表。三月、『ヒナギクのお茶の場合』が新潮社より刊行。「群像」七月号より「変身のためのオピウム」の連載開始。本作品は『Opium fuer Ovid. Ein Kopfkissenbuch fuer 22 Frauen』とのタイトルで先にドイツ語で書かれた。八月、『光とゼラチンのライプチッヒ』が講談社より刊行。十月、新曜社より刊行された、荒このみ・谷川道子編『境界の「言語」地球化／地域化のダイナミクス』に「文字を聞く」が収録される。『ヒナギクのお茶の場合』で第二十八回泉鏡花文学賞受賞。「すばる」十月号に戯曲「サンチョ・パンサ」を発表。チューリッヒ大学で文学博士号取得。博士論文『Spielzeug und Sprachmagie inder europäischen Literatur』刊行。

二〇〇一年（平成十三）年　四十一歳

「ユリイカ」一月号より「容疑者の夜行列車」の連載を開始。四月、「テレビドイツ語会話」（日本放送出版協会）に後に『エクソフォニー　母語の外へ出る旅』

（03・08）に収録される連載を開始。「群像」六月号で「変身のためのオピウム」連載終了。「新潮」七月号に沼野充義、島田雅彦他との座談会「日露作家座談会　火星にリンゴの花咲くとき―日本とロシアの作家の出会い」掲載。九月、ピアニスト・高瀬アキとのコラボレーションによる「ピアノのかもめ　こえのかもめ」と題する朗読会開催。「早稲田文学」（26・5）に「ロシア・アバンギャルド銀行」を発表し、「ロシアの読者から日本の作家へ30の質問」に回答を寄せる。十月、『変身のためのオピウム』が講談社より刊行。「すばる」十二月号に「北京日記2001」掲載。「ユリイカ」十二月号で「容疑者の夜行列車」連載終了。「i feel」冬号に「盗まれた声」を発表。「文芸」冬号に「文芸賞選評」掲載。「武蔵野美術」冬号に「ハッシッシを吸う人、人形を集める人（2）」掲載。

二〇〇二年（平成十四）年　四十二歳

「すばる」一月号に「ピアノのかもめ　こえのかもめ」掲載。「すばる」二月号に「評論　夢という辞典―ボルヘスに寄せて『夢』と『収拾』をキーワードにボルヘスを読み解く」掲載。「新潮」三月号に「球形時間」を発表。四月、「図書」（636）に「多言語の網」掲載。六月、『球形時間』が新潮社より刊行される。七月、『容疑者の夜行列車』が青土社より刊行される。八月、ハンブルクで開催された「ラオコオン2002」のシンポジウムに参加。「せりふの時代」八月号に「『サンチョ・パンサ』、ベルリンを行く」を寄稿。九月、『球形時間』が第十二回Bunkamuraドゥマゴ文学賞を受賞（選考委員・荒川洋治）。十二月、『内田百閒集成3　冥土』（ちくま文庫）に「解説　文字と夢」寄稿。ドイツでは散文『Ueberseezungen』が刊行される。

二〇〇三年（平成十五）年　四十三歳

一月、岩波書店より刊行された『21世紀文学の創造9ことばのたくらみ』中に「大陸へ出掛けて、また戻ってきた踵」を発表。三月、『容疑者の夜行列車』が伊藤整文学賞小説部門を受賞。「読売新聞」四月三〇日夕刊に「視覚依存の社会は孤独　話し言葉の豊かさ大切に」を寄稿。「すばる」六月号に池澤夏樹との対談「作家の視線、ことばの思惑」掲載。八月、『エクソフォニー　母語の外へ出る旅』が岩波書店より刊行される。「舞台芸術」（4）に多和田が参加した「ラオコオン2002」内で行われたシンポジウム「グローバリゼーションの時代における歴史と記憶」が収録され、「死者たちの劇場」も掲載。八月、「図書」（652）

に「だから翻訳はおもしろい」掲載。九月、『容疑者の夜行列車』が第三十九回谷崎潤一郎賞を受賞。「新潮」九月号に「始まりも現在もない神話」掲載。「新潮」十月号に「私の折口信夫 むっと湿氣が…」掲載。十一月、高瀬アキと共演の朗読会「ブレ．BRECHT」開催。「中央公論」十一月号に「文学的状況コッキョウトコキョウ」掲載。「すばる」十二月号に「『ブレ．BRECHT』より」掲載。

二〇〇四年（平成十六）**年　四十四歳**

二月、「図書」(658)にリービ英雄との対談「ことばのアイデンティティさがし—紀行文学と表現」掲載。「群像」二月号に「旅をする裸の眼」発表。六月、小学館より刊行された『テーマで読み解く日本の文学現代女性作家の試み』上巻に「越境する性」、下巻に「日本の奥地紀行」を発表。「新潮」六月号に「土木計画」を発表。九月、「国際シンポジウム［21世紀のチェーホフ］」に出席。「群像」十月号に「伝達少女」を発表。十二月、『旅をする裸の眼』が講談社より刊行される。また、河出書房新社より刊行された『にごりえ 現代語訳・樋口一葉』中に「ゆく雲」が再録。「訳者後書き」として「翻訳という読み方」が収録。ドイツでは『Das nackte Auge』刊行。十二月、「舞台芸術」(7)に「ヨーロッパは西洋か？」掲載。「論座」(115)に田中克彦との対談「ことばを知る、ことばを語る」掲載。「ユリイカ」十二月臨時増刊号で「総特集 多和田葉子」が組まれる。（専修大学大学院生）

現代女性作家読本 ⑦
多和田葉子
発　行――二〇〇六年一〇月一〇日
編　者――髙根沢紀子
発行者――加曽利達孝
発行所――鼎　書　房　http://www.kanae-shobo.com
〒132-0031　東京都江戸川区松島二-一七-二
TEL・FAX　〇三-三六五四-一〇六四
印刷所――イイジマ・互恵
製本所――エイワ
表紙装幀――しまうまデザイン
ISBN4-907846-38-X　C0095

現代女性作家読本（全10巻）

原　善編「川上弘美」
髙根沢紀子編「小川洋子」
川村　湊編「津島佑子」
清水良典編「笙野頼子」
清水良典編「松浦理英子」
与那覇恵子編「髙樹のぶ子」
髙根沢紀子編「多和田葉子」
与那覇恵子編「中沢けい」
川村　湊編「柳　美里」
原　善編「山田詠美」

現代女性作家読本　別巻①
武蔵野大学日文研編「鷺沢萠」